现代名家美文经典文库

王尔德

夜莺与玫瑰

[英]王尔德 著

林徽因 译

品悦经典童书馆 选编

CHISO 新疆青少年出版社

图书在版编目（CIP）数据

夜莺与玫瑰 /（英）王尔德著；林徽因译；品悦经典童书馆选编. -- 乌鲁木齐：新疆青少年出版社，2021.6
（现代名家美文经典文库）
ISBN 978-7-5590-7438-6

Ⅰ.①夜… Ⅱ.①王… ②林… ③品… Ⅲ.①童话－作品集－英国－近代 Ⅳ.①I561.88

中国版本图书馆CIP数据核字（2021）第052398号

夜莺与玫瑰
YEYING YU MEIGUI　　［英］王尔德 著　林徽因 译　品悦经典童书馆 选编

出　　版	新疆青少年出版社
社　　址	乌鲁木齐市北京北路29号
电　　话	0991—7833940（编辑部）
发　　行	新疆青少年出版社营销中心
经　　销	各地新华书店
印　　刷	三河市金泰源印务有限公司
法律顾问	王冠华 18699089007
开　　本	787mm×1092mm 1/16
印　　张	13
版　　次	2021年6月第1版
印　　次	2021年6月第1版第1次印刷
书　　号	ISBN 978-7-5590-7438-6
定　　价	35.00元

新疆青少年出版社官网　http://www.qingshao.net
新疆青少年出版社天猫旗舰店　http://xjqss.tmall.com

CHISO 新疆青少年出版社

写在前面

翻开这套书时，先来了解一下它们的缔造者吧。不管你之前是不是认识他们，不管你之前有没有听说过他们，现在，马上，或许在一分钟之后，你就能触及他们的心灵……

在你心中，有没有这样一个梦想：成为一名大作家，用文字来充实自己的人生，影响一代又一代的人。那么，你有没有想过，要想成为一个大作家，到底需要什么样的“功力”呢？答案很简单，那就是向文学大师们学习，从他们留下的经典篇章中汲取营养。

每一篇经典文章，都是大师智慧的结晶。有一些你耳熟能详，倒背如流；有一些你闻所未闻，见所未见。不过，每一个灵动的文字，每一句睿智的话语，都是大师留下的一串串脚印，指引你在浩瀚无垠的书海中一步一步向前走，收获最独到的智慧，最奇特的灵感，最真挚的感动……

请记住，他们是——

沉郁雄浑的鲁迅；

睿智幽默的老舍；

温润如玉的胡适；

细腻敏锐的萧红；

王尔德

淳朴淡泊的朱自清；

朴实睿智的许地山；

浪漫忧郁的徐志摩；

矜持缄默的林徽因；

唯美忧伤的王尔德；

纯美绚烂的泰戈尔；

……

一个人在一生中，阅读这些经典的文章，不仅可以获得美的享受，还可以汲取其中的思想精华，习得作者的写作技巧。

所以，我们精心撷取了中外现当代百年时光中的一些大师的经典文章，让你们领略阅读之趣、经典之美。这些文章，不光有启迪的色彩，更有智慧的空间，帮助我们积蓄奋斗的力量，汲取改变命运的勇气，找到人生的真谛……

编　者

作者简介

王尔德（1854—1900），英国小说家、剧作家、诗人，是英国唯美主义运动的倡导者和杰出代表人物，是与萧伯纳齐名的英国才子，他的童话作品堪比安徒生童话和格林童话。他才华横溢、狂放不羁，放浪冷酷的外表下却有着一颗纯善纯美的心。

王尔德出生于爱尔兰都柏林一个家世卓越的家庭。他的父亲威廉·王尔德爵士是一个外科医生，母亲则是一位诗人。由于受到良好家庭环境的熏陶，王尔德自幼便显示出很高的天赋，他精通法语、德语和古典文学。王尔德对自己的才华也很有自信，一次过海关时，他甚至说：“除了天才，我没有其他东西要申报。”

王尔德一生出版过两本童话集——《快乐王子及其他故事》和《石榴之家》，字字珠玑、篇篇经典，被誉为“纯正英语的结晶”。除了童话，王尔德还创作有长篇小说《道连·格雷的画像》，以及《温德米尔夫人的扇子》《莎乐美》等戏剧作品，这些佳作都将王尔德的才华展现得淋漓尽致，其戏剧作品更是堪称一时绝唱。

这位英国唯美主义运动的倡导者，著名的诗人、戏剧家、艺术家的一生经历了大起大落。他一直追求着自己的艺术理想，在他所有的作品中塑造了许许多多善良和美丽的形象，无愧于“为艺术而艺术之始祖”的称谓。

目录

夜莺与玫瑰

夜莺是一种可爱的小鸟儿，它的外表并不出众，羽毛灰突突的，但它的啼声非常好听，高亢明亮、清越婉转。它们一般在夜间歌唱，所以称为“夜莺”。

《夜莺与玫瑰》中，就有这样一只可爱美丽的小夜莺。她在橡树上听到了一名青年学生为得不到一朵送给心上人的红玫瑰而发出的哀叹，被他的深情所感动。为了帮助青年学生，夜莺用自己的鲜血和歌声在月光下浇灌出了一朵绝美的红玫瑰。可是，当黎明再次来临的时候，夜莺再也没有醒来。

夜莺的歌声里，爱与美闪耀着，纯洁和高尚满溢着。让我们一起来听一听她的歌声吧！

“她说只要我为她采得一朵红玫瑰，便与我跳舞，”青年学生哭着说，“但我的花园里何曾有一朵红玫瑰？”

橡树上的夜莺在巢中听见了，从叶丛里往外望，心中诧异。

“我的园子中并没有红玫瑰，”青年学生的秀眼里满含泪珠，“唉，难道幸福就寄托在这些小东西上面吗？古圣贤书我已读完，哲学的玄奥我已领悟，然而就因为缺少一朵红玫瑰，生活就如此让我难堪吗？”

“这才是真正的有情人，”夜莺叹道，“以前我虽然不曾与他交流，但我却夜夜为他歌唱，夜夜将他的一切故事告诉星辰。如今我见着他了，他的头发黑如风信子花，嘴唇犹如他想要的玫瑰一样艳红，但是感情的折磨使他的脸色苍白如象牙，忧伤的痕迹也已悄悄爬上他的眉梢。”

青年学生又低声自语：“王子在明天的晚宴上会跳舞，我的爱人也会去那里。我若为她采得红玫瑰，她就会和我一直跳舞到天明；我若为她采得红玫瑰，将有机会把她抱在怀里。她的头，在我肩上枕着；她的手，在我掌心中握着。但花园里没有红玫瑰，我只能寂寞地望着她，看着她从我身旁擦肩而过，她不理睬我，我的心将要粉碎了。”

“这的确是一个真正的有情人，”夜莺又说，“我所歌唱的，正是他的痛苦；我所快乐的，正是他的悲伤。‘爱’果然是非常奇妙的东西，比翡翠还珍奇，比玛瑙更宝贵。珍珠、宝石买不到它，黄金买不到它，因为它不是在市场上出售的，也不是商人贩卖的东西。”

青年学生说：“乐师将在舞会上弹弄丝竹，我那爱人也将随着弦琴的音乐声翩翩起舞，神采飞扬，风华绝代，莲步都不曾着地似的。穿着华服的少年公子都艳羡地围着她，但她不跟我跳舞，因为我没有为她采得红玫瑰。”他扑倒在草地里，双手掩着脸哭泣。

“他为什么哭泣呀？”绿色的小壁虎，竖起尾巴从他身前跑过。

蝴蝶正追着阳光飞舞，也问道：“是呀，他为什么哭泣？”

金盏花也向她的邻居低声探问：“是呀，他到底为什么哭泣？”

夜莺说：“他在为一朵红玫瑰哭泣。”

“为一朵红玫瑰吗？真是笑话！”他们叫了起来，那小壁虎本就刻薄，更是大声冷笑。

然而夜莺了解那青年学生烦恼的秘密，她静坐在橡树枝上，细想着爱情的玄妙。忽然，她张开棕色的双翼，穿过那如同影子一般的树林，如同影子一般地飞出花园。

青青的草地中站着一棵艳美的玫瑰树，夜莺看见了，向前飞去，歇在一根小小的枝条上。

她对玫瑰树说：“能给我一朵鲜红的玫瑰吗？我为你唱我最婉转的歌。”

那玫瑰树摇摇头。

“我的玫瑰是白色的，”那玫瑰树回答她，“白如海涛的泡沫，白如山巅上的积雪，请你到日晷[①]旁找我兄弟，或许他能答应你的要求。”

夜莺飞到日晷旁边那棵玫瑰树上。

她又叫道：“能给我一朵鲜红的玫瑰吗？我为你唱我最醉人的歌。”

那玫瑰树摇摇头。

“我的玫瑰是黄色的，”他回答她，“黄如琥珀座上美人鱼的头发，黄如盛开在草地未被割除的水仙，请你到那个青年学生的窗下找我兄弟，或许他能答应你的要求。”

夜莺飞到青年学生窗下那棵玫瑰树上。

她仍旧叫道：“能给我一朵鲜红的玫瑰吗？我为你唱我最甜美的歌。”

那玫瑰树摇摇头。说：“我的玫瑰是红色的，红如白鸽的脚趾，红如海底岩下蠕动的珊瑚。只是严冬已冰冻我的血脉，寒霜已啮伤我的萌芽，暴风已打断我的枝干，今年我不能再次盛开了。”

夜莺央告说：“一朵红玫瑰就够了，我只要一朵红玫瑰呀，难道没有其他法子了？”

那玫瑰树答道：“有一个法子，只有一个，但是太可怕了，我

① 日晷（guǐ），又称“日规”，古代利用日影观测时间的一种计时仪器。

不敢告诉你。”

“告诉我吧，”夜莺勇敢地说，“我不怕！”

“方法很简单，”那玫瑰树说，“你需要的红玫瑰，只有在月色里用歌声才能使她诞生；只有用你的鲜血对她进行浸染，才能让她变红。你要在你的胸口插一根尖刺，为我歌唱，整夜地为我歌唱，那刺插入你的心窝，你生命的血液将流进我的心房。”

夜莺叹道：“用死来买一朵红玫瑰，代价真不小，谁的生命不是宝贵的？坐在青郁的森林里，看那驾着金马车的太阳和坐在洁白珍珠马车里的月亮，是多么的快乐呀！山楂花的味儿真香，山谷里的桔梗和山坡上的野草真美，然而‘爱’比生命更可贵，一只小鸟的心又怎能和人的心相比呢？”

忽然她张开棕色的双翼，穿过那如同影子一般的花园，从树林里激射而出，冲天飞去。

那青年学生仍旧僵卧在方才她离去的草地上，一双美丽的秀眼里，泪珠还没有干。

“高兴吧，快乐吧，”夜莺喊道，“你将要采到那朵红玫瑰了。我将在月光中用歌声来使她诞生，我向你索取的报酬，仅是要你做一个忠实的情人。因为哲理虽智，爱却比她更慧；权力虽雄，爱却比她更伟。焰光的色彩是爱的双翅，烈火的颜色是爱的躯干，她的唇甜如蜜，她的气息香如乳。”

青年学生在草丛里抬头侧耳静听，但是他不懂夜莺所说的话，只知道书上所写的东西。

那橡树却是明白了，悲伤漫延在他的心头，他非常怜爱在树枝上结巢的小夜莺。他轻声说：“最后唱一首歌给我听吧，你离去后，我将会感到无限的寂寞。”

于是夜莺为橡树歌唱，婉转的音调就像银瓶里涌溢的水浪一般清越。

唱罢过后，那青年学生站起身来，从衣袋里掏出一本日记簿和一支笔，一边往树林外走，一边自语道：“那夜莺的样子生得确实很漂亮，这是不可否认的，但是她有感情吗？恐怕没有！她其实就像许多美术家一般，尽是表面的形式，没有诚心的内涵，肯定不会为别人而牺牲。她所想的无非是音乐，可是谁不知道艺术是自私的。虽然，我们总须承认她有醉人的歌喉，可惜那种歌声是毫无意义的，一点也不实用。”

他回到自己房间，躺在小草垫上，继续想念他的爱人，过了片刻就熟睡过去。

待月亮升上天空，月光洒向宁静的大地，夜莺就飞到那棵玫瑰树上，将胸口压向尖刺。疼痛顿时传遍她的身躯，鲜红的血液从体内流了出来。她张开双唇，开始整夜地歌唱起来，那夜空中晶莹的月亮，也倚在云边静静地聆听。

她整夜地鸣啭着，那刺越插越深，生命的血液渐渐溢去。

她最先歌唱的，是少男少女心里纯真的爱情，唱着唱着，玫

她整夜地鸣啭着，那刺越插越深，生命的血液渐渐溢去。

王尔德

瑰枝上开始生长一苞卓绝的玫瑰蕾，歌儿一首接着一首地唱，花瓣一片跟着一片地开。起先那花瓣是黯淡的，如同河上笼罩的薄雾，如同晨曦交际的天色，那枝上的玫瑰蕾，就像映在银镜里的玫瑰花影子，映照在池塘的玫瑰倒影。

但是那玫瑰树还在催迫着夜莺往自己的身子紧插那根刺。

“靠紧一些，小夜莺呀，”那树连声叫唤，“不然，玫瑰还没盛开，黎明就要来临了！”

夜莺赶紧把尖刺插得更深，悠扬的歌声更加响亮。她这回所歌颂的是成年男女心中热烈如火的爱情，唱着唱着，玫瑰瓣上生长出一层娇嫩的红晕，如同初吻新娘时新郎的绛颊。只是那刺还未插到夜莺的心房，玫瑰花的花心尚留着白色，只有夜莺的心血才可以把玫瑰的花心彻底染红。

那树又催迫着夜莺往自己的胸口紧插那根刺。

“靠紧一些，小夜莺呀，”那树连声叫唤，“不然，玫瑰还没盛开，黎明就要来临了！”

夜莺赶紧把刺又插深一些，深入骨髓的疼痛传遍她的全身，玫瑰花刺终于刺入她的心房。那挚爱和冢中不朽的爱情呀，卓绝的白色花心如同东方的天色，终于变作鲜红，花的外瓣红如烈火，花的内心赤如绛玉。

夜莺越唱越模糊，她拍动着小小的双翅，眼睛蒙上一层灰色的薄膜。她的歌声越来越喑哑，觉得喉咙里有什么东西哽咽住似的。

但她还是唱出最后的歌声，白色的残月听见后，似乎忘记了黎明，在天空踌躇着。那玫瑰花凝神战栗着，在清冷的晓风里瓣瓣开放。回音将歌声领入山坡上的暗紫色洞穴，将牧童从梦里惊醒过来。歌声流入河边的芦苇丛中，苇叶将信息传与大海。

那玫瑰树叫道："看呀，看呀，这朵红玫瑰生成了！"

然而夜莺再也不能回答，她已躺在乱草丛中死去，那尖刺还插在她的心头。

中午时分，青年学生打开窗户，忽然，他惊呆了。

"啊，太幸运了，这儿居然有朵红玫瑰！"他叫着，"如此美丽的红玫瑰，我从来没有见过，她一定有个很长的拉丁名字。"接着，他俯身下去，把红玫瑰采摘下来，然后戴上帽子，手里拈着玫瑰花，往教授家跑去。

教授的女儿正坐在门前卷着一轴蓝色绸子，一只温驯的小狗伏在她脚边。

青年学生叫道："你说过，我若为你采得红玫瑰，你便同我跳舞。这里有一朵全世界最珍贵的红玫瑰，你可以将她插在你的胸前，我们同舞的时候，这花便会告诉你，我是怎样地爱你。"

但那女郎却皱着眉头。

她说："我怕这花儿配不上我的衣服吧，而且大臣的侄子送我许多珠宝首饰，人人都知道珠宝比花草要贵重得多。"

青年学生傻了，这就是爱情的真相吗？失望顿时占据他的整个心神。

“你简直是个无情无义的人。”他怒道，将红玫瑰掷在街心，一个车轮从红玫瑰上面碾过。

“无情无义？”女郎说，“我告诉你吧，你真是无礼。况且你是什么人啊？不过是一个学生，我看像大臣侄子鞋上的那种银纽扣，你都没有。”说完就站起身走进屋子。

青年学生懊恼地走着，自语道：“爱情是多么无聊啊，远不如伦理学实用。它所告诉人们的，全是空中楼阁与缥缈虚无的幻想。在现实的世界里，首要的是实用，我还是回到我的哲学和玄学书上去吧！”

他回到房中，取出一本厚厚的满是尘土的书埋头细读起来。

快乐王子

快乐王子是怎样的一位王子呢？他美丽，他的全身贴满金叶，眼睛是宝石镶成的，腰刀悬挂在身上，刀柄上镶着一粒闪闪发亮的大红玉；当他活着的时候，他很快乐，他住在没有忧愁、哀伤与烦恼的无忧宫里，白天他与同伴们在花园里玩乐，晚上便在大厅里跳舞。他身边的一切就是美丽的化身。

现在他死了，被竖立在一个高高的圆柱上，他看到了城里的一切肮脏和丑恶。他开始流下泪来，不再幸福。这时，一只误了归期的燕子来到快乐王子的身边。为了帮助快乐王子，燕子一次又一次地推迟了飞去温暖埃及的日期。寒冬来临了，终于有一天，燕子在亲吻了王子后，再也没有飞起来……

快乐王子幸福吗？幸福到底是什么呢？也许读了这个故事，你会有一个答案。

城中屹立着一根圆形高柱，快乐王子的雕像站立在上面。他全身贴满金叶，宝玉镶成的眼睛纯洁晶莹，腰刀悬挂在身上，刀柄镶着一粒闪闪发亮的大红玉。

如此姿态让所有人倾慕，一位市参议员赞道："他真是玉树临风，英俊不凡。"这样说，无非是为了表现自己有艺术鉴赏力，只是说完又怕别人骂他是一个爱慕虚荣的人，他连忙补上一句："可惜除了好看外，没什么具体用处。"

一位聪明的母亲对那哭着要月亮的孩子说："你为什么不像快乐王子那样呢？他做梦都不会哭着向人要东西。"

一位失意的人呆呆地看着雕像喃喃说："世间原来有如此快乐幸福的人呀！"

孤儿院的孩子们穿着华丽的小红袄，披着洁净的白色围巾从教堂里走出来，其中一个说："他看起来就像安琪儿。"

老师说："你不曾见过安琪儿，怎么知道他像安琪儿？"

学生答："我当然见过，不过是在梦里。"

"梦可不能随便做。"老师皱紧眉头，表情严肃。

一天夜里，一只小燕子从城外飞来。他的伙伴六个星期前已经飞去埃及了，但由于他爱上美丽的芦苇，耽误了行程，所以落在了最后面。

小燕子与芦苇初遇是在早春时节，那时他正追着一只黄蛾。当他从河边飞过的时候，被芦苇那纤弱的细腰点燃了内心爱情的火焰，他忍不住停下来与她攀谈。

“我可以爱你吗？”小燕子激动得想立刻飞到芦苇的身边。

芦苇红着脸，深深地弯了一下腰，点点头。

从此小燕子便绕着她飞来飞去，向她表示浓烈的爱意。他的翅膀拍打着水面，水中泛起一圈圈银色的涟漪，一个夏天都不曾停止。

“这样的恋爱真可笑，她没有钱，亲戚还如此众多。”别的燕子嘲笑他。的确，那条河里生满成片的芦苇，密密麻麻。不过小燕子却不理这些闲言碎语，依旧天天待在芦苇的身边。

到了秋天，其他燕子都飞往埃及准备过冬去了。他们飞走后，只剩下小燕子孤独一人，时间一久，他也开始对意中人产生厌倦。

“她又不会跟我说话，而且整天跟风在一起嬉戏，或许是个风流女子。”每当微风拂过，芦苇便行着最动人的屈膝礼，与风儿交融在一起，是如此温情，让人嫉妒。他又继续说：“也或许她是个很顾家的女人，而我则喜欢旅行，我的妻子应该追随我的脚步，与我一起浪迹天涯。”

“你能同我走吗？”小燕子最后问她。

芦苇摇摇头，拒绝了小燕子。她对自己的家有着深深的眷念，绝不会离家出走。

“原来你一直在玩弄我呀，”小燕子大叫起来，“我到金字塔那边去了，再会！”他飞走了。

飞了一整天，傍晚时分，小燕子来到一座城市里。

“我到哪儿去投宿呢？城里要是有给我预备妥当的地方该多好呀！”他迷茫起来，随后看见高柱上的雕像。

“就住在这儿吧，这里空气新鲜，我很喜欢。”他心想，于是便在快乐王子的脚边栖息下来。

“我有一间金子筑成的卧室了。”小燕子向四周望去，轻轻地自言自语，准备睡觉，只是他刚把头藏在柔软的翅膀下，就有一滴“水”落在他身上。

“咦？”他叫了起来，“天上又没有乌云，星儿也眨着眼睛，怎么会下雨呢？欧洲的天气真是古怪，我记得芦苇也特别喜欢雨滴，但我想那只是她的自私罢了。”

这时又有一滴“水”落在他身上。

他郁闷地说：“若不能遮雨，这雕像还有什么用呢？我还是去找一个烟囱吧！”他决定飞走。

只是还没展开翅膀，又落下第三滴“水”来。他抬头望去——呀，吓了一跳！只见雕像的眼睛里噙满泪水，一滴滴晶莹剔透的泪珠，顺着金色的面颊滑落而下。月光照耀在雕像的脸上，是多么的美丽呀！小燕子心里泛起波澜，一股莫名的同情之心油然而生。

“你是谁呀？”小燕子问。

“我是快乐王子。”雕像回答道。

“你为什么哭呀？你把我身子都打湿了。”小燕子说。

快乐王子道：“以前我还活着的时候，有着一颗人类的心，那时我根本不知道什么是眼泪。我住在无忧宫里，无忧宫从来没有忧愁、哀伤与烦恼。白天我与同伴在花园里玩乐，晚上我们便在大厅里跳舞。花园四周是高高的围墙，我从没有对外面的世界感到好奇过。我身边的一切就是美丽的化身，我的臣子叫我快乐王子。如果快乐就是幸福，那么我的确是幸福的。我就这样快乐地生活直到死亡。如今我死了，他们把我竖立在这高高的圆柱上，让我看见城里的一切丑恶与肮脏，虽然我的心是铅做的，但我还是忍不住流下泪来。”

“怎么，他不是纯金的？”小燕子暗自心想。他很有礼貌，没有去询问对方的秘密。

快乐王子又用音乐般委婉的声音说：“远处的那条小街上，有一户穷人，他们家的窗子被冷风吹开了，我看见一位沧桑的妇人，坐在破旧的木桌边，面黄肌瘦。她是缝衣服的裁缝，一双生满老茧的手全被针刺破，正在为一件华丽的衣服绣着娇艳的花朵。那件衣服是为女王身边最美的女官缝制的，她要在皇家的舞会上大放异彩。妇人的小孩生病了，睡在屋角的那张小床上，全身发热，想吃甘甜可口的橘子。但他母亲除了给他喝不干净的河水，穷得什么也没有，那孩子正在大声地哭泣。燕子，燕子，小燕子！我的脚钉死在这圆柱之上，一步也不能挪动，你可以把我刀柄上的那颗红玉拿去给她吗？”

小燕子说：“我的朋友都在美丽的尼罗河上与大朵的莲花聊着知心话儿，不久还要去国王的坟墓里投宿。那国王静静地沉睡在彩色的棺材里，身上裹着黄布，遍身涂着香料，颈上挂着淡绿色的玉珠，干涸的双手犹如两片枯黄的树叶。他们都在埃及等我，我必须和他们去会合。”

“燕子，燕子，小燕子！”快乐王子说，“你不能在这儿住一晚，替我当回使者吗？那孩子如此饥渴，他母亲多么难过啊！”

“我不喜欢小孩子，”小燕子说，“去年夏天我在河边歇息，磨坊老板两个撒野的小孩，经常丢石子打我。还好我飞得极快，逃走了。虽然我们都非常善于飞翔，但用石子打我总是一种无礼的行为呀！”

快乐王子的神情露出悲伤，小燕子也很难过，他转而心软了：“这里虽然很冷，但我还是和你住一晚，当一回你的使者吧！”

王子说：“谢谢你，小燕子！”

小燕子把王子刀柄上的那颗大红玉取下来，用嘴衔着从屋顶上飞去。他经过教堂尖塔，只见白色大理石雕刻而成的天使亭亭玉立。他又飞过王宫，听到跳舞的乐声弥漫而来。

一个美丽少女挽着她的情郎来到露台上，男子对少女说：“夜空的星星多可爱呀，爱情的诱惑实在让人难以抗拒！”

少女答道：“我希望在舞会前衣服就已经做好，我已经叫人绣上艳丽的花朵，但是那些裁缝都是懒虫，不见得能按时完工。”

他又从河上飞过，见到船桅的尖端挂着很多灯笼。穿过犹太街，见到一些老犹太人在那儿做买卖，用铜制的天平称着银两。最后到了穷人家里，他朝里面望去，那孩子在床头翻来覆去，可怜地呻吟着。母亲由于过度疲倦，早已昏昏睡去。他从窗口跳进屋内，把大红玉放在桌上，那妇人的顶针旁边，又绕着床头飞舞，用翅膀扇着孩子发烧的额头。

“好凉快呀，我一定是快好起来了！”那孩子恍惚地说，沉入甜蜜的梦乡。

小燕子飞回快乐王子那儿，告诉他自己当使者的经过。“真奇怪，虽然天气很冷，可我这时候却觉得特别温暖。”他发出了这样的感慨。

“当然，”快乐王子说，“这是因为你做了一件好事。”

小燕子开始思索起来，随即睡着了。

天亮后，他飞到河里洗澡。一位动物学教授从桥上路过，看见他后相当惊奇：“真是怪事啊，冬天竟然还有燕子！”他把这事写成一封长信，寄给了本地报社。

“今晚我要到埃及去了。”小燕子心想，他非常渴望完成自己的梦想。于是他游览了许多城里的公共纪念碑，还在教堂尖塔上坐了许久，准备晚上告别快乐王子。无论他到什么地方，都有一只麻雀儿唧唧地叫着：“多么出众的客人呀！”小燕子玩得非常愉快。

月儿悄悄爬上天空，他飞回快乐王子身边说：“你在埃及有什么事需要我代办的吗？我就要起程了。”

“燕子，燕子，小燕子！”快乐王子说，“你不能再和我住一晚吗？”

小燕子回答：“我的朋友在埃及等着我呢，明天他们就要飞往第二瀑布，那里非常美丽。肥壮的河马睡在芦苇丛中。威武的斗芒神[①]坐在花岗石宝座，整夜守望星辰，每当晨星出来，就会愉快地欢声鸣叫，然后再也不作声。正午时分，黄色的狮子也会跑到河边饮水，他们的眼睛犹如绿玉，吼声像瀑布一般响亮。”

“燕子，燕子，小燕子！”快乐王子说，“城市的那头有一个年轻人，他靠在一张铺满稿纸的桌上，桌上放着花瓶，花瓶里插着一束枯萎的紫罗兰。他的头发泛黄像波纹，生着一双梦幻似的大眼睛，嘴唇犹如石榴一样红。他正准备为戏院导演完成一部戏剧，但是天气太冷了，火炉里没有火，人又饿得憔悴不堪，他什么也写不了。”

燕子的心又软了，说：“那我再同你住一晚吧，要我也送他一

① 斗芒神：古埃及神像，相传日出时能发出和竖琴一样的声音。

块红玉去吗？”

“唉，可惜我没有红玉了！”快乐王子说，“我只剩下一双青玉制成的眼睛，那是一千年前从印度那儿采来的，你挖一颗送给他吧。他可以卖给珠宝商换来食物与木炭，完成他的剧本。”

“亲爱的王子，这事我不能做。”小燕子说道，之后他就哭了起来。

“燕子，燕子，小燕子，”快乐王子说，“你就照我说的做吧！”

小燕子忍住悲伤，挖出了快乐王子的一颗眼珠，往青年的住所处飞去。那房子的屋顶有一个破洞，他从这儿钻进屋里。

年轻人趴在桌子上，没有听见小鸟进来的声音，当他抬起头时，看见漂亮的青玉放在枯萎的紫罗兰花束上。他惊叫起来："才华终究不会被埋没，金子总有闪亮的一天，这必定是哪个赏识我的人送来的，现在终于可以完成我的戏剧了。”他的脸上露出兴奋的色彩。

第二天，小燕子飞到码头边，坐在一艘大船的桅杆上，只见船夫用绳子把柜子拖出船舱，每拖出一个，他们就一起喊："哎哟！哎哟！”

“我真的要到埃及去了。”小燕子这样想着。当月亮再次爬上树梢，他飞回快乐王子那儿。

“我来同你道别了。”小燕子道。

“燕子，燕子，小燕子！”快乐王子说，“你不能再同我住一晚吗？”

“冬天已经来临，这儿马上就要下雪了，”小燕子答道，“不过埃及却依旧温暖如春，太阳照在绿油油的棕榈树上，鳄鱼躺在淤泥里打滚。我的同伴正在太阳神庙里筑巢，淡红、雪白的鸽子望着他们，互相‘咕咕咕’地叫着。亲爱的王子，我必须得离开你了，我永远不会忘记你，明年的春天我会给你带两颗漂亮的美玉来，补偿你送给别人的损失，那玉比玫瑰还要红，比大海还要青。”

快乐王子说：“下面那条街上站着一位卖火柴的小姑娘，她不小心把火柴丢到水里打湿了。如果没有钱拿回家，她父亲就会狠狠地用鞭子抽她。她没有鞋袜穿，小小的脑袋连一顶遮风挡雨的帽子也没有。你把我另一只眼睛也挖去给她，这样她父亲就不会再抽她了。”

小燕子说：“我可以再同你住一晚，但我不能再挖你的眼睛，否则你不是完全瞎了吗？”

“燕子，燕子，小燕子！”快乐王子说，“你就照我的吩咐去做吧！”

于是小燕子流着眼泪挖出快乐王子的另一颗眼珠，飞了出去。他从卖火柴的小姑娘身边掠过，轻轻地把宝玉放在她手心，那小姑娘叫着：“多美的一块玻璃呀！”一路笑着往家里跑去。

小燕子飞回快乐王子身边，说：“你现在完全瞎了，我要永远和你住在一起。”

可怜的快乐王子说：“不，小燕子呀，你还是得赶紧去埃及。”

“我要永远同你住在一起。”小燕子说着，就在王子脚下睡着了。

第二天，他整日坐在快乐王子的肩上，给他讲述异乡的所见所闻：赤色的仙鹤成群列队地站在尼罗河畔，用细长的嘴捕捉金鱼；狮身人首的怪物住在沙漠里，通晓万事，寿命长久如同天地；经营买卖的人慢慢地跟在骆驼身边，手里拿着琥珀珠；月山之王黑如沉檀，崇拜大水晶；大绿蛇睡在棕榈树干里，二十个和尚喂它蜜糕；还有小人国的矮人，能在大湖中漂游，坐在平坦的大树叶上，同蝴蝶发生争斗。

“亲爱的小燕子呀，”快乐王子说，“这都是奇闻逸事，人世间的苦难才是最让人惊心动魄，没有什么比贫穷更不可思议的了。你去城里转一圈，再告诉我发现些什么吧！”

于是小燕子飞去城市上空，看见富人在华丽的房屋中吃喝玩乐，而乞丐却坐在门外忍受饥寒。他飞进黑巷里，看见孩子苍白如纸的面颊因为饥饿而模糊扭曲。还有肮脏的桥洞下面，两个孩子睡在那儿，颤抖着抱成一团，想要温暖彼此。

“好饿呀！”他们嘶哑着说。

这时城市的管理者来了，对他们吼道：“你们不能睡这儿！”

小燕子吻了快乐王子的嘴唇，随即倒在他的脚下，停止了呼吸。

王尔德

于是，他们又彷徨在寒冷的街道中。

小燕子回去，把看见的一切对快乐王子说了。

快乐王子道：“我身上贴满着金叶，你一片片撕下来，把它拿去送给穷人吧，世上的人都以为钱最能使他们幸福。”

小燕子把金叶一片片撕下来，最后快乐王子变成一个灰暗难看的人。小燕子把金叶一片片送给穷人，孩子的脸变得红润，笑着闹着在街上玩耍，他们叫着：“我们现在有面包了！”

冷风呼啸，雪花漫天，寒冷的冬天终于到来了。天地间白雪皑皑，银装素裹，地上结着厚厚的冰，街道犹如蜡烛做成的一样。长长的冰条就像水晶刀，挂在屋檐上。人们穿着厚厚的皮衣，孩子们戴着大红帽在冰上滑行。

可怜的小燕子不能离开快乐王子，他爱对方胜过自己的生命。由于没有了食物，他只能趁烘面包的人不留心，在门外衔一些面包屑充饥，然后不住地拍打翅膀取暖。后来他知道自己马上就要死了，仅仅只有一次飞到快乐王子肩上的气力。

“再会了，亲爱的王子！”他低声地对快乐王子说，“你能让我吻吻你的手吗？”

“你终于要去埃及了吗？我真高兴，你在这儿住得太久了。”快乐王子道，“你吻吻我的嘴唇吧，因为我爱你！”

小燕子说：“我不是去埃及，而是奔向‘死亡’，死是睡的兄弟，不是吗？”小燕子吻了快乐王子的嘴唇，随即倒在他的脚下，停止了呼吸。

这时候雕像里面发出怪怪的声响，似乎有什么东西碎裂似的，原来是快乐王子那颗铅做的心碎裂成了两半，这真是一场可怕的寒冻啊！

第二天早晨，市参议员陪同市长在街上散步，他们抬头望向雕像，“哎呀，快乐王子怎么变成了这样子，多狼狈啊！”市长说。

“的确狼狈！”市参议员也这样叫着，他素来喜欢拍市长马屁。说完他们又靠近了些。

市长说：“刀柄上的红玉丢了，眼睛也被人挖走了，身上的金叶子也不见了，如今他真是比乞丐还不如啊！”

“的确比乞丐还不如。”市参议员同样附和。

市长接着说：“瞧，他脚边还有一只死燕子呢！我们得发出公告，以后不允许鸟儿死在这里。”市参议员连忙用笔记录下来。随后他们把快乐王子的雕像推倒。

大学里的艺术教授说：“他已经没有了美丽的容颜，再也没有任何用处了。”

他们把雕像放进炉里熔化。市长又召开会议，讨论如何处置这些废弃的金属。他说：“我们应该再建立一座铜像，而且这铜像应该是我的样子。”

“应该是我的！”其他市参议员说，为此他们争执起来。

“真是怪事啊，”铸造厂的监工说，“这破碎的铅心竟不能熔化，我们把它丢了吧！”便把那颗铅心丢在不远的垃圾堆里，正好死去的小燕子也躺在那儿。

上帝对一个天使说:“把这城里两样最宝贵的东西给我拿来！”

天使便把铅心和死去的小燕子送到上帝面前。

“你们选得很对,”上帝说，“从此以后这只小燕子可以永远在我的乐园里唱歌，快乐王子可以永远在我的黄金城里赞美我。”

巨人的花园

巨人有一个非常美丽的大花园。那里遍地生长着绿草，树上开满了美丽的花儿。鸟儿们坐在树枝上，唱着动听的歌。

可是有一天，巨人的花园里再也没有这些可爱的花儿、草儿了，小鸟也不来唱歌，树儿也不再开花。只有凛冽的寒风在这里呼啸，冰冻的霜雪在这里肆虐。巨人很不解，只能眼睁睁地对着窗外发呆。

突然有一天，巨人听到了一只鸟儿的歌唱，他赶紧推开窗子——眼前的一切让他惊呆了，春天又回来了！

为什么巨人的花园突然间变得这么冷清荒芜，而春天为什么又突然眷顾了这个花园？这是一个秘密，去花园里找一找答案吧！

每天下午放学，孩子们会跑到巨人的花园里玩耍。

怡人的大花园里，遍地生长着绿草。绿草地上，到处生长着美丽的花朵，犹如天上的星星一样璀璨。十二棵英姿飒爽的桃树，春天开着红白的小花，秋天结满丰盛的果子。鸟儿坐在桃树枝上，唱着甜蜜而动听的歌。孩子们沉醉在歌声里，玩着玩着便歇下来，侧耳静听。他们互相叫着："我们在这儿多快乐呀！"

有一天，巨人回来了。

巨人原本是去拜访朋友——一个住在森林里的吃人大怪兽。巨人同他住了七年，说完想要说的话便决定回家。刚回到家，他便看见这些小孩子竟然在自己的花园里玩耍。

他用一种粗暴的声音叫着："你们在这儿干吗？"

孩子们被他吓跑了。

"人人都知道这花园是属于我的，这里除了我，谁也不许来玩！"巨人说。他筑起一道高墙把花园围起来，并且挂出一块告示牌：

闲人莫入 违者重罚

他是个非常自私的巨人。

那些可怜的孩子从此没有了玩耍的地方，只有转移到大街上。但是大街上灰沙太多，四处都是坚硬的石头，他们不喜欢，依旧热爱那个怡人的花园。于是下课之后，他们便经常在花园的高墙外徘徊，谈论着园子里有趣的风景，互相叫嚷着："我们从前在那儿多快乐呀！”

春天到了，山野遍地都开满鲜艳的小花，鸟儿也开始四处飞翔，只有自私的巨人花园里仍旧一片冬天的萧瑟。鸟儿不到没有孩子的地方玩耍，树木也忘记了开花。

有一次，一朵美丽的花儿刚从草丛中把头伸出，看见那块告示牌，很替孩子们不平，也就缩到地下去睡觉了。最得意的只有霜和雪，他们叫着:“春天已把这个园子忘记，我们终年都可以居住在这儿了。”雪用她白色的大衣覆盖草地，霜把花园里的树枝一齐镀成银色。他们又邀请北风来和他们一同居住。北风裹着兽皮，整天在园子里号叫，把烟囱都刮倒了。他说:“这地方很不错，我们把冰雹请来就更好了。”

因此冰雹也来了，他每天在房顶上胡闹，弄坏了许多石板，然后又在花园里狂奔。他穿着灰色的衣服，呼吸像冰一般冷飕飕。

“真是不懂，春天怎么还不来呢？”自私的巨人坐在窗口，看着一片雪白、冰冷的花园，自言自语，“我多么希望天气变换一下啊！”

但是春天始终没有来，夏天更是不见踪影，秋天赐给其他花园许多金果，唯独对巨人的花园吝啬，她说:“巨人太自私了。”因此巨人的花园里永远都是冬天，冰雹终日在树丛中跳舞，冷风严霜，一片凄凉。

一天早晨，巨人在床上睁开双眼，忽然听见一曲动人的音

小孩回来了，树木非常高兴，立刻全身遍开花朵，手臂在孩子头上摇来摇去。

王尔德

乐。乐声很优美，他以为是皇家乐队从这儿路过，其实只是一只小红雀在园子外唱歌。

巨人好久没在自己园子里听见小鸟的叫声，所以这似乎是世间最动人的音乐了。这时候，冰雹也在他头上停止狂舞，北风也不再怒号，敞开的窗户外，吹来一阵馥郁的薰香。

“我相信春天终于来了。”巨人从床上跳起，从窗口往外望去。

他看见一个非常奇特的场景，只见许多小孩竟然从墙角的小洞爬进园子，坐在树枝上。小孩回来了，树木非常高兴，立刻全身遍开花朵，手臂在孩子头上摇来摇去。鸟儿也上下飞舞，欢喜而婉转地开始唱歌。花儿也从绿草丛中露出脸颊，在那儿欢笑。这是一幅多么可爱的图画，只有花园最偏僻的角落，仍旧弥漫在冬天的萧瑟里。

就在那花园最偏僻的角落，有一个小孩站在那儿。他人太小，爬不上树，在那儿转来转去，很悲伤地哭着。可怜的树仍全身覆盖霜雪，树儿尽量把枝条弯下，说：“爬上来呀，小朋友！”但那孩子太小了，始终攀爬不上去。

巨人默默看着这一切，心忽然软了，说：“我是多么自私啊，现在知道春天为什么不来了。我应该把那小孩抱上树去，再把墙推倒，让花园永远做孩子的游乐场。”他对于以往的行为充满懊悔。

他走下楼，轻轻推开房门，来到花园里。但是，那些孩子刚看见他，就吓得跑开了，花园立刻又恢复了冬天的景象。只有那最小的孩子没有跑，他眼里噙满泪水，没有看见巨人走来。巨人偷偷来到他的身后，轻轻把他抱起来放到树枝上，那树瞬间鲜花盛开，鸟儿也瞬间飞来开始歌唱。

那小孩伸出双臂，抱着巨人的脖子，甜甜地亲了他一口。其他的孩子看见巨人已经不是坏人，也都跑回来。春天又同他们一起回到了园子里。

“这是你们的花园了，孩子们！”巨人说道，然后拿起一柄大斧砍倒了围墙。中午赶集的人们经过这里，看见巨人同许多孩子在这美丽的花园里玩耍。

孩子们玩了一整天，傍晚时分都来和巨人说再见。

“你们那个小伙伴去哪里了？我抱上树的那个孩子。”巨人说，他最爱的就是那个小孩，因为他吻过他。

孩子们回答：“我们不知道，他早走了。”

巨人说：“你们一定要告诉他，叫他明天再来。”但那些孩子说不知道他住在哪儿，从前也没有见过他，巨人觉得非常郁闷。

后来每天放学，孩子们都会来同巨人一起玩耍，可巨人最爱的那个小孩却不曾再出现。巨人对这些孩子都很慈和，但他还是牵挂他的第一个朋友，并且时常想起他。“我多么希望再见到他啊！”他说。

许多年以后，巨人老了，再也没力气玩耍。他每天只能坐在一张大靠椅上，看着小孩子游戏，然后尽情欣赏花园里这幅怡人的景象。他说："我有许多美丽的花，但是孩子才是这些花中最美丽的。"

现在他不恨冬天了，因为他知道，冬天只是春天在睡觉、花木在休息而已。一个冬天的早晨，他正在穿衣服，不经意地从窗口望了出去，忽然他揉揉眼睛，惊奇地发现，在花园极偏的角落里有一棵桃树，桃树上开满了漂亮的白色花朵，树枝全是金色的，挂着银色的果儿，树下竟然站着那个他满心牵挂的小孩。

巨人高兴极了，他跑下楼去，跃过草地来到小孩身边，忽然他气得满脸通红。"谁害你的？"他怒道，原来孩子的手掌与脚掌，分别有两个清晰的钉子印。

"谁害你的？告诉我，我拿大刀去杀了他！"巨人大叫。

那小孩回答："不，这是爱的伤痕！"

"你是谁？"巨人问，忽然感到一股异常的力量，使他立刻在那小孩面前跪了下来。

那小孩向巨人笑笑，对他说："你让我在你花园里玩过一次，今天我也让你到我的花园里去玩一次吧，那就是天堂！"

那天下午，孩子们依旧跑进花园里来玩耍，但是却看见巨人死在了树下，身上覆盖着白花。

公主的生日

身为一位公主，那是多么的荣幸和尊贵！不过，有一件事她无法特殊，那就是她也和其他的小孩子一样，每年只能过一次生日。

这次，西班牙公主的十二岁生日到了。这次生日的庆典热闹极了，有真人扮演的斗牛比赛、意大利的木偶戏、非洲人的戏法，还有礼拜堂跳舞班男孩们表演的庄严舞蹈……在这些娱乐活动中，没有比小矮人的舞蹈更能引起轰动的了。公主被逗得开心无比，还从自己头发上取下一朵美丽的白玫瑰掷给他。

小矮人也很喜欢公主，他想把小公主带到树林里去玩，为了寻找公主，小矮人闯到了宫殿的一个房间里……可是，小矮人的心却碎了，再也不能为小公主表演了。这期间究竟发生了什么？还是去故事中看看吧。

小公主的生日到了，她刚满十二岁。

这天天气晴好，灿烂的阳光照耀在王宫的花园中。

虽说她是一位真正的公主，一位西班牙公主，比一般孩子尊贵和娇宠，过着衣食无忧的快乐生活。但是，有一件事她无法特殊，那就是她也和穷人家的孩子们一样，每年只能过一次生日。

小公主一年一度的生日庆典当然应该是隆重而热闹的，因此举国上下自然而然就把这当作一件重大的事情，事先安排的一些庆典项目都需要她生日这天是个晴朗的好天。

天公作美，小公主的生日这天的确是个晴朗的好天。

在皇宫的花园里，高高的带条纹的郁金香直挺挺地立在花茎上，它们昂首挺胸像一排列队立正的士兵，一边傲慢地望着草地那边的玫瑰花，一边说："我们跟你们一样美丽无比。"

紫色的蝴蝶舞动着带有金粉的翅膀翩翩起舞，多情地依次走访着每一朵漂亮的鲜花。

调皮的小蜥蜴们从墙上的裂缝中爬出来，懒洋洋地躺在温暖的阳光下晒太阳。

成熟的石榴在火热的阳光下纷纷裂开了嘴，露出了它们血红的心。

就连沿着阴暗走廊的刻花棚架上那一串串悬挂着的浅黄色的柠檬，仿佛也被这奇妙的阳光给染上了一层丰富的色彩。

玉兰花树也张开了它们那重叠着的象牙色的巨大球状花朵，

使空气中充满了浓郁的芳香。

小公主今天可是分外开心，她邀请了很多小伙伴来皇宫和她一起玩耍。

现在，小公主正同她的小伙伴们在阳台上欢快地来回走动着，并绕着石花瓶和布满青苔的古雕像在玩捉迷藏的游戏。

今天，一起玩耍的小伙伴中，有她的老朋友，还有新结识的朋友。有这么多小伙伴一起玩，真是热闹极了，她一直开心地笑着。

平日里，小公主只被允许同与她身份相同的小孩子玩。玩来玩去就那么几个朋友，她都腻了。因此她总是独自一个人玩。

还好，生日这天可以例外。

国王已经下了命令，她生日的时候可以邀请任何她喜欢的小朋友来宫中同她一起玩耍。

今天，小公主把她能想到的好朋友都邀请到宫里来了，他们玩得不亦乐乎。

被邀请来的小孩子都是盛装出席小公主的生日宴会的，这些瘦小的西班牙孩子跑动起来的动作还挺优雅的。

男孩们头戴大羽毛帽子，身穿飘动的短外套；女孩们手里提着缎子长裙的后摆，并用黑色和银灰色的大扇子护住眼睛，遮挡阳光。

然而，小公主却是他们当中最美丽优雅的一个，打扮得也是最时尚的。她的服饰是当时流行的相当繁杂的款式。她的裙子是用灰色锦缎做的，裙摆和宽大的袖口上绣满了银线，挺直的胸衣上缝着几排名贵的珍珠。两只配着粉红色大玫瑰花的小拖鞋，做工细致精巧，随着她的走动从衣服下边时隐时现，调皮而又可爱。她手中的那把大纱扇是粉红色和珍珠色相间的。她的头发像一圈褪色的金黄光环，包围着她那张苍白精致的小脸蛋，上面戴着一朵美丽的白玫瑰。

满面愁容的国王透过宫中的窗户望着他的小公主和伙伴们。

站在国王身后的是他所讨厌的人，那是他的兄弟，来自阿拉贡省的唐·彼德罗，还有他的忏悔师，来自格拉纳达的大宗教裁判官坐在他的身边。

国王此时比以往更忧伤，因为他看见小公主正一副孩子般严肃的模样向宫中群臣行礼，另外还看见她不时悄悄地用扇子掩着嘴偷笑，笑话那个总是陪着她的一脸严肃的阿尔布奎尔基公爵夫人。

国王出神地看着小公主，不由得想起了小公主的母亲，就是那位让他爱恋不已又痛不欲生、至今念念不忘的年轻王后。王后的音容笑貌、举手投足还清晰地在他的眼前，因为这在他看来就像是前不久的事情。

那时，王后从欢乐的国度法兰西来到西班牙，成为他美丽的新娘。

只是幸福太过短暂，当他们还沉浸在爱的梦幻里，年轻美丽的王后却在西班牙宫廷忧郁华丽的生活中不幸去世了。死时，他们的孩子也就是小公主，才六个月大。

王后非常喜欢看杏花，可是她连园子中杏花的第二次开放也没有看到；王后爱吃无花果，可是她没赶上采摘院子中央那棵多节老无花果树上第二年的果子，此刻那儿已是杂草丛生。

他爱王后爱得太深了，他不能忍受把她埋在自己看不见的冰冷的墓穴中。

他请来了一位医生为她的尸体做了香料处理，为了回报医生的工作，国王保住了他的性命，因为由于信邪教和行巫术的嫌疑，这位医生已被宗教裁判所判了极刑。

王后的尸体现在仍然安放在宫中装饰着黑色大理石的礼拜堂中铺着织锦的尸架上，还跟十二年前在一个狂风大作的三月天里那些僧侣们把她抬放到那儿时的模样没有两样。

每个月国王都会在一个特殊的日子里，身上裹着黑色的袍子，手里提着一个不透光的灯笼，神色忧伤地走进礼拜堂，跪在她的身旁，呼唤着:“我的王后，我的王后！”

有时他会不顾应有的礼节（在西班牙生活中的任何行为都受到礼节的约束，就连国王的悲痛也不例外），万分悲痛地抓住她戴着珠宝的苍白的手，并狂吻着她那冰凉的脸，试图把她唤醒。

往事历历在目。透过泪水做成的帘幕，今天他好像又看见她了，就跟他头一次在巴黎的枫丹白露宫中见到她时一样。当时他仅有十五岁，还是个英俊少年，而她更年轻，是一位出众的美少女，亭亭玉立，美丽得像一朵含苞待放的百合花。

他俩就是在那个时候正式订婚的，出席仪式的有罗马教皇的使节，还有法国国王和全体朝臣。那之后，他就带着一小束金黄色的头发返回到西班牙王宫中去了。

和美少女难分难舍告别之后，年轻的国王自打踏上自己的马车那时起，就一直想着那两片孩子气的嘴唇弯下来吻他手的情景，他一直思念着她，期待着再相逢。

接下来的婚礼是在蒲尔哥斯匆匆举行的，那是两国边境的一座小城市。进入马德里的公开庆典是隆重盛大的。

他那么爱年轻的王后，爱到发了狂的地步。他们朝夕厮守在一起，一刻也不想分开。

可是他是一国之主，总是沉浸在与王后的深深的爱恋中，很少有时间过问政事。

因此，很多人都认为是他把国家给毁了，因为当时他们正与英国为争夺新世界的帝国而进行战争。

可是他为了她，已经忘记了自己作为一个国王的责任，似乎也忘记了国家的一切重大事项；在这种激情的驱使下，他的思维达到了盲目的可怕地步，以至于他都没有发现，那些他为了取悦于她而想出来的繁杂礼节，反而加重了她所犯的奇怪的忧郁病。

王后的病让他很是担忧，他又用了各种办法想让心爱的王后开心，还找遍神医为她调理医治。可是，他所有的心血都白费了，最后终究也没能挽留住她如花的生命。

美丽可爱的年轻王后就这样如同一朵怒放的玫瑰花一样突然凋零了，挚爱她的年轻国王备受打击。

她死后最初的一段时间，他仿佛是发了疯似的。

他不能忍受失去王后的剧痛，他夜夜难眠，日日思念，还幻想着有一天美丽的王后能像过去那样翩然而至。

痛苦的思念咬噬着他的心，他真想随王后而去，不再受这痛苦的思念折磨。

要不是他担心自己离去后小公主会受到自己兄弟残害的话，说真的，他很想宣布退位，并隐居到格兰那达的特拉卜教大寺院去，他已经是该院的名誉院长了。

他兄弟的残酷无情在西班牙是出了名的，不少人怀疑是他害死了年轻的王后。

传说王后到国王的兄弟所在的阿拉贡的城堡去走访的时候，他送了一双有毒的手套给王后。

国王一直强烈地思念着王后。

在国王以皇家法令宣布举国上下公开哀悼三年之后，人们都以为他已经走出了过去的悲伤，有些大臣建议他再娶一位新王后来陪伴他，国王却无法忍受这样荒唐的提议，甚至大发雷霆。

当神圣罗马帝国皇帝本人亲自来向他提亲，提出把自己的侄女、一位美丽可爱的波西米亚郡主嫁给他时，他还是不能接受，吩咐自己的大臣去告诉这位罗马皇帝，说西班牙国王已经和悲伤结了婚，尽管这是一个不能生育的新娘，可他却爱她超过任何美人。

由于他当时没有给罗马帝国皇帝面子，让对方恼羞成怒。

不久，他就付出了惨重的代价。他的那个回答使他的王国失去了富饶的尼德兰诸省，这些省份不久后便在罗马皇帝的鼓动下，由一些改革教派的狂热信徒领导着，向他发动了叛乱。

今天，他出神地望着在阳台上玩耍的小公主时，似乎又回想起了他短暂而美好的婚姻生活，那是甜蜜和充满激情的，同时也因其突然的完结而导致了之后可怕的绵长的痛苦。

美丽的小公主继承了王后一切可爱的傲慢举止，完全一样的任性的摆头动作，同样弯曲而骄傲的美丽嘴唇，一样漂亮可人的笑容——的确是非常法国式的微笑，小公主不时地抬头望望窗户，或伸出小手让显贵的西班牙绅士吻着。

不过，孩子们快活放肆的笑声刺着了他的耳朵，明亮而无情的阳光嘲讽着他的哀伤。一股奇怪香料的单调气味，仿佛是处理尸体用的香料，好像把早晨清新的空气给弄脏了——这或许是他的幻想吧？

他把脸埋在双手中，等小公主再次举头望窗户的时候，窗帘已经垂下。他也离开了。

她有些失望地噘噘小嘴，并耸了耸肩膀。

说实在的，今天是小公主的生日，难得她这么开心，作为父亲，国王平时很少陪她，今天本应该跟她待在一起庆祝生日的。

那些愚蠢的国家事务有什么要紧的？或许他又去了那个阴森森的礼拜堂了吧？那儿一直点着蜡烛，而且从未让她进去过。

在这个大好的日子，有着如此灿烂的阳光，大家又这么开心，他可真是太傻了。再说，他会错过看一场由人扮演的斗牛比赛，比赛的号角已经吹响了，更不用说那些木偶戏和其他精彩的表演了。

小公主觉得，她的叔父和大宗教裁判官倒是更体谅人。

叔父他们已经走到阳台上了，并向她道了贺词。所以她又摆起了她那可爱的头，还拉着叔父唐·彼德罗的手，缓缓走下石阶，朝着耸立在花园尽头的紫绸编织的长长亭廊走去。

其他孩子严格地依照次序紧跟在她的身后，排队顺序是这样确定的，即谁的名字最长，谁就走在前头。

一行由贵族男孩子化装成斗牛士的队伍走出来欢迎小公主。

年轻的新地伯爵，一位十四岁的美少年，用西班牙贵族世家的全部优雅举止向她脱帽致敬，并庄重地把她引到竞技场内搭起的看台上。那里安放着一把镶金的象牙小椅子，小公主优雅地在象牙椅子上坐下来。孩子们在她的四周围成一圈，他们一面挥动着手中的大扇子，一面嘻嘻哈哈地相互交谈着。

唐·彼德罗和大宗教裁判官面带笑容地站在入口处。就连那位女公爵——人称侍从女官的人，她是一个瘦小而性格不定的女人，戴着黄色的翎领——现在也一改往日那板起的面孔，一丝像是冷冷的笑容掠过她那皱巴巴的脸，随即，那没有血色而干瘦的嘴唇也抽动了一下。

这真是一场令人叫绝的斗牛赛，在小公主看来，这比真的斗牛比赛还要好看。她曾在帕尔马公爵来看望她父亲时，被人带去塞维尔看过一场斗牛赛。

只见一群男孩子穿着装饰华丽的马皮衣服在场子内来回跑着，他们挥舞着长矛，上面绑着色彩艳丽的丝带；另一些男孩徒步走着，并在假牛面前舞动着猩红色的大布。当“牛”冲来时，他们就轻松地跳过栅栏。至于“牛”呢，尽管它只是由柳枝和张开的牛皮做成的，却跟真牛一样活蹦乱跳，不过有时它坚持着用后腿绕着场子跑，这是真牛连做梦也不敢想的事。

这“牛”斗得可是真热闹，孩子们看得兴奋极了，他们纷纷起身站在了长凳子上，并挥动着手中的带边手绢，大声嚷着：“太好了，太好了！”那种劲头就跟成年人一样。

就这样，战斗继续激烈地持续着。最后，好几匹人扮的马被戳倒，那位年轻的新地伯爵把“牛”压在了地上。他请求小公主允许他给予致命的一击，然后他就用木剑朝那动物猛刺下去。

只是他用力太大，一下子把“牛”头给刺掉了，这使小罗南先生高兴得大笑起来，他是法国驻马德里大使的儿子。

在大家的掌声中，竞技场被收拾干净了，两个身着黄黑制服的摩尔人侍从走过来，把倒地的木马庄严地拖走了。

接着是一段小小的插曲，由一位法国的走绳索大师表演，他在一根绷紧的绳子上完成了一系列的惊险表演，赢得阵阵掌声。

一些意大利木偶戏表演者特意在一个小戏院中建了一个戏台，他们精彩上演了半古典的悲剧《索福尼西巴》。

他们的演出非常出色，那些木偶的动作也十分自然，栩栩如生。演出结束时，小公主的眼中已经充满了泪水。

现场不仅是小公主一个人哭了，当时真的有好多孩子都哭了，仆从们只好拿糖块去安慰他们。

就连大宗教裁判官看后也深受感动，他忍不住对唐·彼德罗说，这些用简单的木头和彩色蜡做成的并由丝线机械地牵动的东西，竟能表演得如此悲伤和不幸，真是太奇妙了，太不可思议了。

接下来是一个非洲人表演戏法。他提来一只又大又平的篮子，上面盖着一块红布。

他把篮子放在场地中央，然后从他的包头帕下面拿出一根奇异的芦管，并吹了起来。

不一会儿，红布开始动了，随着芦管声愈吹愈尖，两条金绿色的蛇伸出了它们那古怪的楔形头，并越伸越高，还随着音乐声摇来摆去，就跟水中浮动的植物一样。

孩子们看见它们那有斑点的头部和快速吐出的舌头，都害怕极了，直到看见变戏法者在沙地上变出一棵小橘子树，开出美丽白色的花朵并长出一串串真实的果实后，才又开心地笑起来。

后来变戏法者从拉斯·托里斯侯爵的小女儿手中拿起一把扇子，把它变成了一只蓝色的小鸟在亭廊里飞来飞去，还不停地唱着歌。

这时孩子们的兴奋和惊讶真是难以形容，只听见阵阵掌声和不断的尖叫声。

由纽斯特拉丝母院礼拜堂跳舞班的男孩们表演的庄严舞曲，他们服装统一，动作准确到位，个个帅气逼人，也同样引人入胜。

小公主以前从没有见过如此盛大的庆典，这种庆典每年五月在圣母大祭坛前面举办一次，是专为赞颂圣母而举行的。

其实，自从一位疯教士（据许多人说他是被英国伊丽莎白女王收买了的）想用一块有毒的圣饼谋害西班牙太子阿斯图里亚斯以后，就没有一位西班牙皇室的成员走进过萨拉哥萨大教堂。因此，小公主仅仅是听人说过这种的舞蹈。

男孩们穿着白色天鹅绒做的老式宫廷服装，他们那滑稽的三角帽上缀着银饰物，顶上插着很大的鸵鸟毛。

他们在阳光下翩翩起舞的时候，那身耀眼的白色服饰在他们黑色面容和长长黑发的衬托下，显得更加绚丽夺目。

所有的人都被他们的一举一动给迷住了，只见他们在繁杂的舞蹈动作中一直显得庄严尊重，缓缓的舞姿得体而优雅，还气派不凡地鞠着躬。

等舞曲一结束，他们就脱下大羽毛帽子向小公主致敬。她很有礼貌地接受了，并许诺送一支大蜡烛给比拉尔圣母的神坛，以感谢他们的到来，回报圣母给她带来的快乐。

这时一队漂亮的埃及人——当时也被称为吉卜赛人，走到场子中来。

只见他们先是盘腿席地而坐，围成一个圆圈。一部分人开始轻轻地弹奏起他们的弦琴，琴声悠扬，另一部分人伴着乐曲舞动起腰身，如风吹柳。他们还同时用尽可能低的声音哼着歌儿，那声音低得如同梦中的微风轻轻掠过。

他们一看见唐·彼德罗，便朝他皱起了眉头，有的人还露出了恐惧的表情，因为就在数周之前，唐说他们的两个族人因为行妖术而给绞死在塞维尔的市场上了。

不过，美丽的小公主使他们入了迷，这时她朝后靠着身子，一对蓝色的大眼睛从扇子上边望着他们，他们相信像她这样可爱的人绝不会残忍地对待别人的。

于是，他们很安静地弹着琴，那长长的尖指甲刚好挨到琴弦上。他们的头开始朝前点着，仿佛要入睡似的。

这时，突然传来一声尖厉的大叫，孩子们全都大吃了一惊，唐·彼德罗的手赶紧抓住了他短剑的玛瑙剑柄。

只见弹琴者们跳起身来，围着场地疯狂地转起圈来，并不停地敲打手鼓，同时用他们那奇特的带喉音的语言唱起了狂放的情歌。

随着一声信号的传来，他们又都扑倒在地上，静静地躺着不动了。全场一派寂静，只有单调的弦琴声在缓缓地弹奏着低沉的调子。

就这样，他们做了几个来回以后又一下子消失了。等再回来时，他们已用链条牵来了一头毛茸茸的棕色大熊，他们的肩头上还坐着几只小猴子。

大熊十分认真地倒立起身子，干瘦的猴子跟着两个像是它们主人的吉卜赛小男孩在表演着各种各样逗笑的把戏，它们还会挥动小剑和放枪，并且会像国王的卫队那样完成一整套正规军的操练。

吉卜赛人的表演吸引了全场的观众，高潮不断，现场掌声迭起，的确是大获成功。

然而，整个早上的娱乐活动中，最有趣的还要数小矮人的舞蹈了。他蹒跚地移动着自己那双弯曲的腿，他那颗畸形的大脑袋左右摇摆着，就这样跌跌撞撞地冲到场子中。

孩子们见到此情此景都一下子兴奋地大声叫了起来，小公主本人更是高兴得手舞足蹈，大笑不止，以致那位侍从女官不得不提醒她说，虽然过去西班牙国王的女儿在同等身份的人面前哭过几回，可却从没有皇室家族的公主在比她低下的人跟前如此开怀大笑过呢。

不过，小矮人的有趣举动真是让人无法抗拒，即使在西班牙宫廷，这样一个以培养恐怖而著称的地方，也从未见过一个如此吸引人的小怪物。

这还是他头一回出场演出。

人们仅是在昨天才找到了他，当时他正在树林里疯疯癫癫地跑着，两个贵族刚好在环城一带的栓皮槠树林中偏僻的区域打猎，看到他后，觉得他实在是有趣，于是就把他带进宫中，作为献给小公主的一个惊喜。

小矮人的父亲是个穷苦的烧炭人，家里十分贫穷，能够摆脱这个又丑又无用的孩子，对他来说正是求之不得的事情。

或许真正最有趣的，就是小矮人自己一点也不知道他拥有丑陋的相貌。的确，他看上去好开心且精神饱满。

孩子们看到他的样子笑了，他也跟他们一样笑得无拘无束，开心无比。

每支舞曲结束时，他便要向他们每一个人鞠一个最滑稽的躬。他对他们点头微笑的时候，样子自信而友善，就好像他的的确确是他们中的一员，并非上帝以滑稽的方式刻意创造出来让别人戏弄的一个不幸的小怪物。

至于小公主，她简直把小矮人给迷住了。他自始至终都不能够把眼睛从她身上移开，他好像是专为小公主一个人跳舞似的。

演出结束时，小公主记起了自己曾见过那些宫廷的贵妇们向意大利著名男高音歌唱演员加法奈里抛掷花束的情形，当时罗马教皇把加法奈里从自己的礼拜堂派往马德里，打算用他那最甜美的歌声去医治国王的忧闷。

于是，开心无比的小公主便从自己的头发上取下那朵美丽的白玫瑰，一半是开玩笑，一半是为了戏弄那位侍从女官，她把花向场中的小矮人掷了过去，脸上带着最甜蜜的微笑。

小矮人把整个事情看得十分认真，他一只手将花朵压在他那粗糙的嘴唇下，另一只手按住胸膛跪在她的面前，咧着大嘴开心地笑着，那双明亮的小眼睛放射出欣喜的光芒。

高兴得忘乎所以的小公主忘记了尊严，等小矮人跑出场子好长一阵子，她还在那儿一个劲儿地笑，并对她的叔父表示想立即让这种舞蹈再表演一次。

然而那位侍从女官却恳求说，太阳已经老高了，天气太热了，她的小公主殿下应该马上回到宫里去，那里已经为她准备好了丰盛的宴席，有一个装饰漂亮的大生日蛋糕，上面有用彩糖做出的她名字的大写字母，还有一面飘舞的小银旗。

小公主这时意识到了自己刚才的放肆，就非常庄重地站起身来，并宣布说让小矮人在她午睡过后再表演一次，还要求把她的谢意转告给新地伯爵，感谢他那番殷勤的款待。接着她就回自己的房间去了，其他孩子又依照原先进来时的次序跟着她出去了。

当小矮人听说小公主叫他去她面前再表演一次，而且还是她亲自下的命令的时候，小矮人真是得意万分。

他跑到花园中去，欣喜若狂地亲吻着那朵白玫瑰，得意忘形地做出了许多笨拙而难看的动作。

花儿们对他如此大胆地闯进他们美丽的家园里来非常愤怒，他们看见他在花廊里奔来奔去的，还十分可笑地举着双手挥舞着，他们再也忍受不下去了。

“他真是太难看了，我从来没有见过这么丑陋的人。世界上怎么会有如此丑陋的人呢？根本不该让他到我们待的地方来。”郁金香大声喊道。

“是谁把他弄到这里来的，真该死！他应该去喝鸦片汤，然后睡上一千年。”红色的大百合花说。这时他们真的怒火万丈了。

“他真是个十足的可怕人物！”仙人掌尖叫着说，“啊呀呀，他扭得简直是太丑了，人又长得矮小，他的头跟腿长得实在是不成比例。看他一眼都会使我浑身上下觉得不舒服，如果他走近我身边，我保证会用我的刺去刺他。”

“可是，他真的弄到了我最美的一朵花。”白玫瑰树惊叹道，

“你们知道吗，那朵花可是我几个月来精心准备的，是作为生日礼物送给小公主的。今天早上我亲自送给了她，而他却从她那儿把花偷走了，真是可恶。”然后她大叫起来，“小偷，小偷，小偷！”

甚至连平日里都不爱抛头露面的红色风露草们，这些大家都知道本身就有很多穷亲戚的草们，他们平时因为自卑而很少参与评论和发言，今天在看见小矮人时也都忍不住厌恶地卷起身子。

紫罗兰却温和地说，小矮人的确是其貌不扬，可他自己也没有办法。风露草也非常公正地反驳说，那是他主要的缺陷，而人们不该因为他的不治之症而嘲弄他。

其实，也有好些紫罗兰觉得小矮人的丑陋是他本人装出来的，假如他面带些愁容，或至少表现出沉思的样子，而不是像现在这样欢乐地跳上跳下，做出古怪而又傻乎乎的神态，那么他会让人觉得好受许多。

至于老日晷仪，他是一位非常了不起的人物，他曾经只向查理五世陛下本人汇报每天的时刻。小矮人的模样让他吃惊不小，他被吓住了，几乎忘记用他那长长的有影子的指头标出时间达两分钟之久。他忍不住若有所思地对在栅栏上晒太阳的乳白色的大孔雀说：“这真是没有办法的事，其实人人都知道，国王的孩子就是国王，烧炭夫的孩子还是烧炭夫，要想事情并非如此，那是不可能的。”

这种见解得到了乳白色大孔雀的完全赞同，而且她真的叫起好来:“是的，是的。”声音又大又粗，连住在凉爽的喷水池中的金鱼们也从水中露出头来，询问巨大的石雕海神特里通斯究竟发生了什么事。

不过，鸟儿们却喜欢小矮人，他们常在树林中见到他。他像个精灵似的追赶着空中的落叶，或者蹲在一棵老橡树的洞子里，与松鼠们一起分享他的坚果。他们一点也不在乎他的相貌丑陋。

是啊，夜莺在夜晚去林子里放声歌唱，月亮有时也会俯下身聆听她甜美的歌声，其实她也并没有什么耐看的；再说，小矮人过去对他们一直都很好。

在那可怕而漫长的严冬里，树上已经没有坚果了，地面被冻得跟铁块似的，还经常白雪皑皑。山里大概已经没有什么可吃的了，狼也饿得成群结队地下山，来到城门口寻找食物。就在这种时候，小矮人也不曾忘记他们，他总是把自己小块的黑面包揉成碎屑给他们吃，不管他的早餐多么少，他总会分一些给他们。

所以他们绕着他飞了一圈又一圈，他们飞过他身边的时候用翅膀轻轻抚摸着他的脸，并相互交谈着。小矮人高兴得不得了，他忍不住把那朵美丽的白玫瑰拿出来给他们看，还告诉他们这是小公主本人亲自送给他的，因为她爱他。

他讲的话他们一个字也听不懂，不过这倒没什么关系，因为他们可以把头偏在一旁，高深莫测地微笑着看着小矮人，看上去很明白的样子，这就跟了解此事是一样的效果，并且也更加容易。

蜥蜴也非常喜欢他。每当他跑累了躺在草地上休息的时候，蜥蜴就会在他身上爬来爬去地玩着，使出浑身的本事去逗他开心。“不是每个人都可以像蜥蜴那样漂亮的。”他们大声说道，“不过这种要求太过分了。而且说起来也有些荒唐，其实他一点也不难看，当然，只要人们闭上眼睛，不要去看他。”

蜥蜴们天生就是十足的哲学家派头，在没有什么事情可做的时候，或碰上雨天不能外出，他们会一动不动地一坐就是好几个小时地思考问题。

然而，花儿对他们的举止倒是十分担心，同时对鸟儿的举动也很不安。

“这只能表明，”花儿们说，“这种不停地蹦蹦跳跳会产生多么粗俗的影响。像我们这样有教养的人，总是老老实实地待在同一个地方。从没有人看见我们在花廊中嘻嘻哈哈跳来跳去的，或者在草丛中白痴般发疯似的追赶蜻蜓，只要我们想换换空气，我们就会叫园丁来，他会把我们搬到另一个花坛上去。这是很神圣的事，而且也应该如此。可是鸟儿和蜥蜴没有休息的意识，的确，那些鸟儿连一个固定的住址都不曾有。他们只不过是一群像吉卜赛人那样的流浪汉，而且也真该受到同样的待遇。”

于是，花儿们露出趾高气扬的样子，一副了不起的神态，并且很得意地望着小矮人从草地上爬起身来，跨过阳台朝宫廷走去。

“他应该一辈子都关在房子里不出门。”他们说，“看看他的驼背，还有他那双拐腿。”说着，他们哧哧地笑了起来。

不过，小矮人对此是一无所知的。

他好喜欢这些小鸟和蜥蜴，并且认为花儿是世界上最美丽的东西。当然，小公主是最美丽的女孩。

而小公主已经把美丽的白玫瑰给了他，她是爱他的，这就大不一样了。

他多么希望自己能跟她一起回到树林中去！她会让他坐在她的右手边，还对他微笑。他永远也不愿从她身边离去，他要她跟自己一块儿自由地玩耍，并教她各种逗人的把戏。

尽管他以前从未进过王宫，可他却知道好多了不起的事情。

他可以用灯芯草编出小笼子，好把蚱蜢关在里面唱歌；他还会把竹节细长的竹子做成笛子，用它吹出牧神最爱听的曲子。

他了解每只鸟儿的叫声，还能把欧椋鸟从树梢上唤下来，或从池塘中唤出苍鹭。

他认识每一种动物的足迹，可以凭着轻微的脚印寻觅到野兔，靠被践踏过的树叶找到狗熊。

他知道各种风的舞姿。有秋天里穿着红衣的狂舞，有穿着蓝色草鞋在稻谷上掠过的轻舞，有冬季戴着雪冠的舞蹈，还有春天里吹过果园的曼舞。

他知道斑鸠在什么地方做窝。曾有一次，一对老斑鸠给捕鸟者抓走了，他就亲自来哺育那些幼鸟，并在一棵砍去了树梢的榆树裂缝中为他们筑起了一个小小的鸠窝。

鸟儿们都很听他的话，并习惯了在他的手上找东西吃。

小矮人相信，小公主见到了他的那些朋友，肯定也会像他一样喜欢他们的。还有那些在长长的凤尾草中乱窜的兔子们和有着硬羽毛和黑嘴的鹏鸟，以及能够弯曲成带刺圆球的刺猬和会摇头、轻轻地咬嫩叶、慢慢爬行的大智龟。

是的，她一定会到林子里来和他一起玩儿。他会把自己的小床让给她睡，他会在窗外看守着直到天亮，不让带角的野兽伤了她，更不能让饥饿的狼群靠近小茅屋。

天亮时，他会轻轻地敲着窗板把她唤醒，他们会一起到外面去，跳上一整天的舞蹈，让快乐的笑声传得很远很远。

其实，住在这远离城镇的树林里，真是一点也不会寂寞。

有时，主教会骑着他的白骡子从这里走过，一边走一边还读着本带图画的书。

有时，那些养猎鹰的人戴着他们的绿绒帽子、穿着硝过的鹿皮短上衣从这儿经过，手腕上站着蒙着头的鹰。

每到葡萄熟透的季节，采葡萄的人们会不停忙碌着，连手和脚都被葡萄汁染成紫色的了。人们总是头上戴着常青藤编的花冠，手里拿着滴着葡萄酒的皮袋子。烧炭人晚上围坐在大火盆的边上，望着干柴在火中慢慢地燃烧，把栗子埋在灰中烘烤，不一会儿就会听到栗子啪啪的爆裂声，吃起来是又香又甜。强盗们也从山洞里窜出来跟他们一块儿玩乐，只不过他们的游戏带有危险性。

有一回，他看见一些人排成好看的队伍在长长的尘土飞扬的大路上蜿蜒地朝托列多而去。僧侣们走在队伍的前头，唱着甜甜的歌曲，手里拿着鲜艳的旗子和金十字架，随后跟着披银盔甲、执火绳枪和长矛的士兵，在这些人当中走着三个赤脚的人，身着奇怪的黄袍，上面绘满了奇妙的画像，他们的手中拿着点燃的蜡烛。

说真的，树林中有非常多值得看的好东西。

假如小公主疲倦了的时候，他会找一个长满青苔的软海滩让她休息，要不就扶着她走，因为他很结实，尽管他深知自己的个头不算高。他会用红色的蔓草果为她做一串项链，它会跟她衣服上的白色珍珠一样美丽。一旦她不喜欢这种项链了，他就把它扔掉，还会为她做别的。他会给她找来一些皂角和露水浸泡过的秋牡丹，而且还可以用小小的萤火虫做她浅黄色头发上的小星星。

可是她又在什么地方呢？他问着白玫瑰。白玫瑰回答不了他的问题。整个王宫像是睡着了似的，甚至连那些百叶窗没有关闭的地方，也被垂下的厚重的窗帘挡住了投入窗户的光线。

他到处转悠着，想寻到一处可以进入的地方，最后他找到了一扇开着的小门。

他悄悄地溜了进去，发现自己来到了一个金碧辉煌的大厅中。他感觉到这里真的要比那树林气派得多，屋子宽敞明亮，装饰豪华，处处金光灿烂，就连地板都是用五颜六色的大石头铺成的。

可是小公主并不在那儿，只有几个美丽异常的白石像从他们的绿宝石座上朝下望着他，眼神中满是忧伤和茫然，嘴角上还挂着一丝奇怪的微笑。

在大厅的尽头垂挂着绣工精致的黑天鹅绒帷幔，上面绣着太阳和繁星，都是国王最中意的设计，而且绣的又是他最喜爱的颜色。

也许小公主就躲在那后面呢。于是他怀着强烈的好奇心，无论怎样也要去看看。

他悄悄地走过去，把帷幔轻轻拉开。没有看到什么人，那儿只不过是另一间房子，可他觉得这间房子比他刚才走过的那间装饰布置得更漂亮。

这间房子的墙上挂着绣了许多人物像的绿色挂毯。那是一幅狩猎图，是几位弗来米西艺术家花了七年时间完成的。

这儿曾经是被称为傻约翰的国王的房间。那个疯子国王太喜欢打猎了，在他精神失常的时候，他总是幻想着骑上那些画中蹬起后蹄的大马，拖开那只由一群大猎狗攻击的公鹿，吹响打猎的号角，用短剑刺一只奔跑的母鹿。

现在这儿改做会议厅了，在屋中央的桌子上放着大臣们的红色文件夹，上面盖着西班牙皇室金色郁金香的印花，以及哈布斯堡皇室的纹章和标志。

小矮人吃惊地朝四周看着，他真有点不敢往前走了。

画中那些陌生而沉默的骑马人栩栩如生，他们敏捷地跨过一片长长的草地，连一点声音也听不见。在小矮人看来，这些人就像烧炭夫们讲过的那些可怕的鬼影——康普拉克斯，他们只在夜里外出打猎，要是遇上人，就会把此人变成一只赤鹿，然后去猎取他。

但是小矮人想起了美丽的小公主，于是又壮起了胆子继续寻找。

他希望她是一个人待在那儿，好让他告诉她，他也是爱她的。也许她就在隔壁的那间屋子里。

他从柔软的摩尔人地毯上跑过去，打开了门。没有！她也不在这儿。房间里空空的。

这是一间御室，用来接待外国使节的，只要国王同意亲自接见他们，这种事近来不常有了。

那是多年以前，就是在这间屋子里，英国的特使到这儿来安排他们的女王——当时她是欧洲天主教君主之一，与皇帝的长子联姻的。

屋子里的帷幔都是用镀金的皮革做成的。黑白两色相间的天花板下面垂挂着沉重的镀金烛架，上面可以架起三百支蜡烛。

一个巨大的金光闪闪的华盖上面用小粒珍珠绣出了狮子和卡斯特尔城堡图，华盖下面就是国王的宝座，宝座上盖着昂贵的黑色天鹅绒罩布，罩布上镶着银色的郁金香并且还配着精致的银饰和珍珠穗子。

在宝座第二级上面放着小公主用的跪凳。垫子是用银丝线布做成的，就在跪凳下面。靠华盖外面的地方，立着教皇使节的椅子，只有这位使节大人才有权在任何公开的庆典仪式上与国王坐在一起。他那顶主教的帽子，帽上缠着深红色的帽缨，就放在一个靠前边的紫色绣框上。

正对着宝座的墙上，挂着一幅查理五世猎装服的画像，像跟真人一样大小，身边还站着一只大猎犬。另一面墙的中央处挂着一幅菲力普二世接受尼德兰诸省朝贡时的画像。

在两扇窗户的中间放着一个乌木柜，里面放着象牙盘子，盘子上刻着霍尔彭《死亡舞蹈》中的人物，据说，这是那位大师亲自动手刻的。

可是小矮人对眼前豪华的盛景没有留意。他不愿用自己的玫瑰花来换华盖上的珍珠，更不肯用哪怕一片玫瑰花瓣来换宝座。

他所要做的就是在小公主去亭廊之前见上她一面，并要求在他的舞蹈结束之后就跟他一块儿离去，到那片自由的树林里去生活。

此时在宫中，空气是郁闷而沉重的，然而在树林里风儿却能自由自在地吹着，阳光挥舞着那双金灿灿的手拨开抖动的树叶。

树林中也有许多的鲜花，也许赶不上王宫花园里的花那么名贵和鲜艳，但却更加芳香宜人。

早春中的风信子花在清凉的山谷和青草的小丘上荡起层层紫色的浪潮。

一簇簇黄色的樱草爬满了橡树根的四周。

色彩鲜明的白屈菜、蓝幽幽的威灵仙、深红且金黄的蒲苇随处可见。

榛树上有灰色的茅荑花，顶针花上吊挂着斑迹点点的蜜蜂小屋。

栗树的顶部如同白色的星星，而山楂却透着它那苍白的美丽月色。

是的，只要他能够找到她，她一定会来的！

她会跟他一块儿到美妙的树林中去的，他还会给她跳一整天的舞，逗她开心。

想到这儿，他的眼睛中露出微笑，然后他就走进了另一间房子。

在所有的房屋中，这一间是最明亮和最漂亮的。

屋里的四壁上布满了印着浅红色花朵的意大利缎子，缎子上面还点缀着鸟图和可爱的银花。

家具是用大块的银子做成的，上面镶着鲜艳的花环和转动的小爱神。

在两个大壁炉的前面立着绣有鹦鹉和孔雀的大屏风。

地板是海绿色的玛瑙，仿佛延伸至遥远的不可知的地方。

他发现，这里并非他一个人，房间的另一头，在门道的阴影下站着一个小小的人影，那人正望着他。

他心中一颤，从口中迸发出一声喜悦的叫声，接着他一下子跑进了屋外的阳光中。

他这么做的时候，那个人影也跟着这么做了，他完全看清楚那是什么了。

是小公主？不，那只是个怪物，是他所见过的最难看的怪物。奇形怪状的样子非常人一般，驼着背，瘸着腿，还有一个摇来摇去的大脑袋和一头鬃毛般的乌发。

小矮人皱起了眉头，它也皱起了眉头。他笑了，而它也跟着笑，而且还把两只手放在腰间，就跟他的做法是一样的。

他嘲笑着向它鞠了一躬，它也对他还了一个礼。他朝它走去，它也走上来迎接他，跟他迈着同样的步伐，他停下来，对方也站住了脚步。

他惊奇地叫了起来，跑上前去，伸出一只手，而怪物的手也朝他的手伸来，那只手冷冰冰的。

他觉得好害怕，又把手挥舞了过去，怪物的手也很快地伸了过来。他再试着往前压去，但有什么光滑而坚硬的东西挡住了他。

怪物的脸此时此刻正好贴近了他的脸，脸上似乎充满了恐惧。他把头发从眼睛上抹开，它也模仿他这样做了。他去打它，可它也报以拳头。他对它做出烦恼的样子，它也朝他做鬼脸。他向后退去，它也跟着退去了。

它是什么东西呀？他想了一会儿，并朝房屋的四周看了看。

真是怪了，不管什么东西在这堵看不见的清水墙上都会重复出现它们原有的模样，是的，墙上有屋里一样的图画，一样的睡椅。门口壁龛中那个躺着的睡牧神，竟也有一个模样相同的孪生兄弟酣睡在那儿；那位站立在阳光中伸出双臂的银维纳斯像也正与另一个一样可爱的维纳斯对视着。

这是回音吗？他曾经在山谷中呼唤过她，她一个字一个字地回应着。难道她也能模仿眼睛就像她模仿声音那样？难道她能制造出一个与真实世界一样的假世界？难道物体的影子有颜色、生命和动作吗？难道这会是——

他吃了一惊，便从怀里拿出那朵美丽的白玫瑰，转过身来，吻着花。

那个怪物也有自己的玫瑰花，花瓣竟跟他的一模一样！它也在吻花，而且跟他的吻法是一样的，还用它那可怕的动作把花按在自己的胸口上。

等他明白了其中的道理的时候，他发出了绝望的狂叫声，趴在地上痛哭起来。

原来那个奇丑无比、弯腰驼背的怪物就是他自己。

他正是那个怪物，所有的小孩嘲笑的也是他，那位他原以为爱他的小公主——她也只不过是在嘲笑他的丑态，拿他的瘸腿和大脑袋寻开心罢了。

他们为什么要把他带出树林？林子里没有镜子告诉他，他是多么丑陋，他还能一直开心地生活。他的父亲应该知道他是怎样的呀，为什么父亲不杀死他，却要出卖他的丑相呢？

热泪从他的脸颊上滚滚而下，他把白玫瑰扯了个粉碎。

那个趴在地上的怪物也照他的样子做了，还把花瓣撒在空中。它在地上趴着，他朝它看着，它也用皱着眉头的苦脸望着他。他朝一边爬去，不愿再看见它，并用双手捂住自己的眼睛。

他像一只受了伤的动物，向阴暗处爬去，并躺在那儿呻吟起来。

正在这时，小公主带着她的小伙伴们从开着的落地窗中走了进来，当他们看见丑陋的小矮人躺在地上，用紧握的拳头捶打地板的时候，他们忍不住为他那极其滑稽夸张的举动哈哈大笑起来，并围着他观赏起来。

“他的舞蹈很有趣的，”小公主说，“而他的表演更加滑稽。的确，他差不多跟木偶人一样的好，只是还不够自然而已。”说完她扇起了大扇子，高兴地拍手叫好。

可是小矮人再也没有抬起头来，他的哭泣声越来越弱了，突然他发出一声奇怪的喘息，并用手胡乱在身上抓起来。然后他又倒了下去，一动不动地倒下了。

“这可真精彩。”小公主说。

又过了一阵子，看到小矮人还是躺着不动，小公主急了，说道：“现在你必须为我们跳舞了。”

可是小矮人却一声未答。

小公主气得跺了跺脚，大声叫起了她的叔父。

她叔父此时正和宫廷大臣一起在阳台上散步，读着刚从墨西哥送来的公文，宗教裁判所最近在墨西哥成立了。

“我的这个有趣的小矮人生气了。”小公主大声嚷道，“你一定要把他叫醒，让他为我跳舞。”

他们两人相互笑了笑，慢慢地走了进来。

唐·彼德罗弯下腰去，用他那绣花的手套打着小矮人的脸，说道：“你必须得跳舞，小怪物，你一定得跳。你要让西班牙及西印度群岛的小公主开心快乐才对。”

可是小矮人一动也不动。

“应该叫个执鞭人来打他一顿。”唐·彼德罗愤愤地说，接着他又回到了阳台上去。

不过宫廷大臣却是一副庄重的表情，他跪在小矮人的身旁，

可是小矮人再也没有抬起头来，他的哭泣声越来越弱了，突然他发出一声奇怪的喘息，并用手胡乱在身上抓起来。然后他又倒了下去，一动不动地倒下了。

把手按在小矮人的胸口上。

过了一会儿，他耸了耸肩膀，站起身来，向小公主鞠了个躬，并说道："我美丽的小公主，您那位滑稽的小矮人再也不能够跳舞了。真遗憾，他长得这么丑，一定会使国王不开心的。"

"可是他为什么不再跳舞了呢？"小公主笑着问道。

"因为他的心碎了。"宫廷大臣说。

公主皱皱眉头，她那可爱的玫瑰花瓣似的嘴唇傲气地朝上撅了一下。"那么以后让那些来陪我玩的人都不带心才行。"她大声说着，然后就快步跑进花园里去了。

星　孩

星孩一直以为自己是从其他星球上来的孩子，或者是个身世不凡的孩子。因为他长得是如此俊美，他的脸又嫩又白，活像用象牙雕成似的。那卷发儿，犹如水仙花环儿一样，嘴唇像红色的花瓣，眼睛像清溪边的紫罗兰，身体像草原上未经割除的百合一样圣洁。

可是有一天他的母亲找来了，原来她是一个又穷又丑的乞丐。星孩没有认她，反而对她非常的残酷无情。结果，星孩遭到了报应，原来俊美的外表变得丑陋无比。因为外貌的变化，星孩的内心也受到了极大的震撼，从自大变成了谦虚，从无情变成了善良，他发誓历尽千辛万苦也要寻找到自己的亲生母亲……

这究竟是怎么一回事？星孩最后有没有变回来呢？他到底是谁的孩子？看了故事，你就能回答了。

那是冬天的一个寒风刺骨的夜晚。地上铺着厚厚的雪，树枝上积压着雪。有两个穷苦的樵夫正穿越一个大松林，急急忙忙往家里赶。

在他们走过的时候，两旁的小树枝接连不断地被霜折断。他们来到山涧的瀑布前时，瀑布已经变成固体的了，霜一动不动地停在空中，因为冰雪之王已经吻过她了。

这一夜实在是太冷了，就连鸟兽也不知道该怎么御寒才好。

“噢！”狼一边叫着，一边夹着尾巴从灌木林中一瘸一拐地走出来，“这真是倒霉的天气，政府为什么不想想办法呢？”

“哦！哦！哦！”绿色梅花雀喳喳地叫道，“看起来年迈的地球已经老死了，他们已经用白寿衣把她给收殓了。”

“你们说得不对。因为地球要出嫁了，这是她的结婚礼服。”斑鸠们在一起彼此悄悄地说。他们的小红脚都被冻坏了，不过他们觉得自己有责任用乐观浪漫的态度来看待这一切。

“胡说！”狼咆哮着说，“我告诉你们，现在这样都是政府的过错，如果你们不相信我的话，我会吃掉你们的。”狼有着完全务实的思想，他永远都不会找不到好的论点。

“唔，就我个人而言，”啄木鸟说，他是一个天生的哲学家，“我关心的不是用作解释的原子理论。如果一件事是什么样子，那么就本该如此，只是眼下实在是太冷了。”

天气的确是冷透了。住在高高杉树上的小松鼠们互相摩擦着鼻子来取暖，野兔们在自己的洞中龟缩着身子，甚至不敢朝外面看上一眼。

唯一好像特别喜欢这种天气的只有大角鸥了。他们的羽毛让白霜冻得硬邦邦的，不过他们并不在意，他们不停地转动着那又大又黄的眼睛，隔着林子彼此呼唤着："吐威特！吐威特！吐威特！吐威特！今天的天气是多么好呀！"

两个樵夫继续不停地往前赶着路，并起劲地朝自己的手指上吹热气，脚上笨重的带铁钉的靴子在雪块上踏行着。

有一次他们陷进了一个深深的雪坑里去了，等他们出来的时候，浑身上下白得就跟磨坊的磨面师傅一样。

这时路上的石头也是很滑的。有一次他们在坚硬光滑的冰上跌倒了，这冰是沼地上的水结成的，他们身上背着的柴捆跌落了，他们只好拾起来，重新捆绑好；还有一次他们以为自己迷了路，心中害怕得不得了，因为他们深知雪对那些睡在她怀中的人是很残酷的。不过他们信任那位好心的圣马丁（司旅行之神），他会照顾所有出门的人，于是他们又照来路退回，小心翼翼地迈着脚步。最后他们终于来到了森林的出口处，并看见下面山谷的远处亮着灯光，那里就是他们的村庄。

发现自己终于脱离了危境，终于看到自己的家了，他俩真是欣喜若狂，高兴得大笑起来。这时，大地在他们眼中就好像是一朵银白色的鲜花，月亮如同一朵金色的花。

然而，笑过之后，他们又陷入了忧愁，因为他们想起了自己的穷困家境。

一位樵夫对另一个人说：“刚才我们走出森林时为什么要那么高兴呢？要知道生活是为有钱人准备的，不是为我们这样的穷人。我们还不如冻死在森林中呢，或者让什么野兽抓住了把我们咬死。”

“你的话有些道理，的确是这样。”他的伙伴回答说，“有些人享有的太多了，另一些人得到的却太少了。不公平已经把世界给瓜分了，除了忧愁之外，没有一件东西是公平分配的。”

可是，就在他们相互悲叹各自的不幸生活时，一件奇怪的事情发生了。

他们看到，从天上掉下来一颗非常明亮、非常美丽的星。它经过其他星星的身旁，从天边滑落了下来。他们惊讶地望着它，看着它似乎就落在小羊圈旁边不到一箭之遥的一丛柳树的后面。

“啊！谁要是找到它就可以得到一坛子黄金！”他们惊叫着，跑了出去，他们太想得到黄金了。

其中一人跑得快一些，他超过了同伴，奋力穿过柳树丛，来到了树的另一边。呀！在雪地上的确躺着一个黄金样的东西。

他急忙赶过去，弯下身子用手去试探。

那是一件用金线织的斗篷，上面精心地绣着好多星星，并叠成了许多折子。

他大声地对自己的同伴说他已经找到了从天上掉下来的财宝。等他的同伴走近时，他俩就在雪地上坐下来，把斗篷上的折子解开，准备把金子拿出来平分。但是，他们打开之后发现，里面没有什么黄金，也没有什么白银，任何宝物都没有，只有一个正在熟睡的孩子。

其中一人对另外一人说："啊呀呀，刚才我们是多么欣喜呀，我们的希望竟变成了这样一个痛苦的结局，我们的运气不会好了，一个孩子对一个人会有什么好处呢？让我们离开这儿，走我们的路吧，要知道我们都是穷人，都有自己的孩子，为了喂养他们，我们已经很辛苦了，我们不能把自己孩子不多的面包再分给别人了。"

不过他的同伴却说："不，如果把孩子丢在这冰天雪地里，他会很快就冻死的，那样我们的心里肯定会很难过。尽管我跟你一样的贫穷，还要养活一大家子人，锅里也没有多少可以吃的东西，但是我还是要把他带回家，我的妻子会照顾他的。"他非常慈爱地抱起小孩，用斗篷严实地包住孩子以抵御严寒，然后就下山回村子里去了。他的同伴对他的傻气和仁慈感到非常惊讶。

他们回到村里，他的同伴对他说："你有了这个孩子，那么把斗篷给我吧，因为我们说过要一起平分的。"然而他回答说："不行，因为这个斗篷既不是你的，也不是我的，它是孩子一个人的。"他与同伴道了别，来到自家的门前，敲起门来。

他的妻子打开门，看见自己的丈夫平安回到家里，她温柔地伸出双臂搂住他的脖子，吻着他，并从他背后取下柴捆，刷去他靴子上的雪，吩咐他快进屋去。

这时他对她说："我在森林中找到一样东西，我把他带回来了，以后你要好好照顾他。"他站在门口并不进去。

"它是什么呀？"她大声问道，"快给我看看，家里是空荡荡的，我们当然需要好多东西。"他把斗篷向后拉开，把熟睡的孩子抱给她看。

"哎哟，我的天哪！"她喃喃地说，"难道你还嫌我们自己的孩子不够多吗？你干吗非要带一个捡来的孩子回家？谁知道他会不会给我们带来噩运？我们又拿什么来喂养他呢？"她生气地埋怨着。

"他可是个不一般的孩子哟，他是一个星孩呀。"他回答说，他便把发现孩子的奇异经历绘声绘色地讲给她听了。

不过她一点也没有变得开心，而是挖苦他，气愤地说道："我们自己的孩子都没有面包吃，难道还要让自己的孩子挨饿而去养别人的孩子吗？谁又来照顾我们呢？谁又给我们食物吃呢？"

"不要这样，仁慈的上帝连麻雀都要照顾呢。"他回答说。

"麻雀在冬天不是常会饿死吗？"她问道，"现在不就是冬天了吗？"她丈夫无言以对，只是站在门口不进屋来。

一阵寒风从树林刮来，吹进了敞开的房门。她打了一个寒战，抖动起来，对他说："你还不快点进屋来把门关上吗？刚才已经有一股寒风吹进了屋子里，我觉得好冷呀。"

"吹进铁石心肠人家的风不会总是寒冷的吧？"他反问道。女人没有回答他，只是朝炉火靠得更近了。

过了一会儿，她转过身来望着他，眼里满含着泪水。他一下子冲了进来，把孩子放在她怀中。她吻了吻孩子，就把他放在一张小床上面，那儿是他们家最小的孩子睡觉的地方。

第二天樵夫取下那件珍奇的金斗篷，把它放在一个大柜子中，他妻子也从孩子脖子上取下戴着的琥珀项链，也放进了大柜中。

就这样，星孩跟樵夫的孩子一块儿长大了，他们坐在一起吃饭，又一起玩耍。虽然生活一直很艰苦，吃得很平常，他却长得一年比一年英俊。住在村子里的人都为此而感到吃惊。因为大家都是黑皮肤，黑头发，唯独星孩一个人长得又白又娇嫩，就像精细的象牙一样。他的卷发如同水仙花的花环，他的嘴唇也像红色的花瓣，他的双眼犹如清水河旁的紫罗兰，他的身材恰似田野中还没有人来割过的水仙草。

不过他的美貌却没有给他带来好运，因为他变得越来越骄傲、残酷和自私了。对于樵夫的儿女以及村子里的其他孩子们，他一概都瞧不起，并说他们出身低微。而他自己却是高贵的，是从星星上蹦出来的，他自认为是他们的主人，把他们都称作自己的奴隶。

唯独星孩一个人长得又白又娇嫩，就像精细的象牙一样。他的卷发如同水仙花的花环，他的嘴唇也像红色的花瓣，他的双眼犹如清水河旁的紫罗兰，他的身材恰似田野中还没有人来割过的水仙草。

王尔德

他一点也不同情穷人，也不怜悯那些盲人、残疾人以及任何有病痛的人，反而经常向他们扔石头，或赶他们到公路上去，命令他们到别处去乞讨。因此，只有那些二流子才会第二次到那个村子去要求救济。他嘲弄那些孱弱和丑陋的人，不把他们当回事。

而他对自己却是爱得要命。在夏季无风的时候，他会躺在神甫果园中的水井旁，望着在井水中映出的自己的脸蛋，对着它微笑、做鬼脸，或者左右照过来照过去。他非常爱自己的样子，并为自己的美丽而高兴得笑起来。

因为他老是调皮捣蛋、惹是生非，樵夫和他的妻子常常责备他，说："我们从未像你对待那些孤苦的人那样对待过你，你却为什么会如此残酷地对待那些需要同情的可怜人呢？"

老神甫也经常去找他，试图教他学会一些对事物的爱心，便对他说："飞蝇也是你的弟兄，不要去伤害它。那些在林中飞行的野鸟有它们自身的自由，不要以抓住它们来取乐。上帝创造了蛇蜥和鼹鼠，它们各自都有存在的价值。你是什么人，怎么可以给上帝的世界带来痛苦？就连在农田中的牲畜都知道赞美上帝。"

可是星孩很反感他们说的话。他皱紧眉头，一副很不高兴的样子，走回去找他的伙伴了，去领着他们玩耍。

他的伙伴们也都喜欢跟随着他，因为他长得漂亮，而且脚步轻快，能歌善舞，还会吹笛子和弹奏乐器。不论星孩带他们去什么地方，他们都会欣然前往，不论星孩吩咐他们做什么，他们都会顺从去做。

星孩把一根尖芦苇刺进鼹鼠的眼睛里的时候，他们都开心地大笑，根本就没有人会去想一下鼹鼠会有怎样的痛苦。他把石头扔向麻风病人时，他们也跟着大笑，没有人会去同情那些可怜的人们。无论他支配他们去干什么，他们都会变得跟他一样的铁石心肠。

有一天，一个穷要饭的女人走过村子。

她的衣服破破烂烂的，也许因为走过漫长的行程、崎岖的道路，她的双脚弄得血淋淋的，她的模样也十分狼狈。

因为走得太疲倦了，她就坐在栗子树下休息一下。

星孩看见她后，便对他的同伴们说："快看！这么一个肮脏的讨饭女人竟然坐在那棵美丽的绿树下面。来吧，让我们一起去把她赶走。她真是又丑又烦人。"

于是他们围拢过去，星孩走过去朝她扔石头，大声地嘲弄她。她用惊恐的眼光望着他，一个劲儿地直直地望着他。

樵夫正在附近的草料场里砍木头，看见了星孩的所作所为，便跑上前来责备他，并对他说："你的心真是太狠了，没有一点怜悯之心。这个可怜的女人跟你无冤无仇的，你为什么要如此对待她呢？"

星孩被樵夫责骂后，气得满脸通红，用脚猛跺着地面，并说道："你以为你是什么人，敢来问我做什么？我不是你的儿子，不会听你的话的。"

"你说的一点不假，"樵夫回答说，"虽然你不是我亲生的儿子，但是当那个寒冷的冬天我在林中发现你时，我对你不也是动了怜悯之心的吗？如果我当时不把你抱回家，你会活到今天吗？"

女人听到樵夫的这些话后，大叫了一声就昏倒在地上了。

好心的樵夫把她抱进了自己的家中，他的妻子来照看她。等她从昏迷中醒过来之后，他们为她拿来了食物和水，并吩咐她不要跟孩子一般见识，要放宽心。可是她既不肯吃，也不肯喝，只是对樵夫说："刚才你说那个调皮的孩子是从林中找到的吗？是不是就是十年前今天的事了？"

樵夫回答说："是呀，我是在林中发现他的，就是在十年前的今天。"

"你发现他时，他身上有什么记号吗？"她大声问道，"他的脖子上是不是戴了一串琥珀项链？他的身上是不是包了一件绣着星星的金线斗篷？"

"就是这样，"樵夫回答说，"跟你说的一模一样。"他从柜子中拿出放在那儿的斗篷和琥珀项链给她看。

她一看见这些东西，高兴得哭了起来，说道："你们知道吗？他就是我在林中丢失的小儿子。我求你快叫他来，为了寻找他，我已经走遍了整个世界。"

樵夫和他的妻子赶紧走出去，呼唤着星孩，并对他说：“快进屋里来，你会在那儿看见你的母亲，她正等着你。”

星孩听到他的母亲来了，充满了惊奇，狂喜地跑进屋里。然而，等他看见等他的人是那个乞讨的女人时，他便轻蔑地笑起来，说：“喂，我母亲在什么地方？我怎么只看见这么个下贱的讨饭女人。”

女人回答说：“我是你的母亲。”

“你是疯了才这么说的吧！”星孩愤愤地大声喊道，“我怎么可能是你的儿子呢？我不是你的儿子，因为你是一个乞丐，而且又丑又穿得破烂。所以你还是快滚吧，不要让我再看见你这张讨厌的脸。”

“不管你相信不相信，你的的确确是我的儿子呀，你是我在森林中生的。”她大声喊道，说着一下子跪在地上，朝他伸出两只胳膊。

“十年前的今天，强盗们把你从我身边硬生生地抢走了，又把你扔在积雪的林子里想冻死你。”她喃喃地说。

那个女人激动地说：“我为了寻找你走了很多地方。虽然我们分别了十年，虽然你已经长大了，虽然我很久没有看到你了，可是今天我一见到你，就认出你是我的儿子，我还认得那些信物——金线织的斗篷和琥珀项链。因此我求你跟我走吧，我已经走遍了整个世界，四处去寻找你，找得好苦呀。我很高兴，我终于找到你了。跟我走吧，我的儿子，因为我需要你的爱。”

但是星孩一动也不动，一点儿也不为她的那番话而动心。

这时，屋子里除了女人痛苦的哭声外，别的什么也听不到。

最后，他用非常生硬而残酷的声调对她说道：“假若你真是我的母亲，那么你最好还是走得远远的，不要再到这儿来给我丢脸了。因为你不知道，我原以为我是某个其他星球的孩子，或者是个身世不凡的孩子，哪怕是个平凡人家的孩子，而绝对不是一个乞丐的孩子，就像你刚才对我讲的那样。所以你还是离开这儿吧，不要再让我看见你了。”

“哎哟！我的儿子呀，”她痛苦地大声吼道，“在我离开之前，你都不愿意吻我一下吗？因为我经历了多少苦难才找到了你呀。”

“不，”星孩说，“你真是太丑陋了呀。我宁愿去吻毒蛇，去吻蟾蜍，也不要吻你。”

听了星孩这番恶毒的话，那个女人半晌没有说出一句话来。

她确认星孩是不会认她这个妈妈的，更不可能跟她走了。于是那个女人便站起身来，伤心地哭泣着走回森林中去了。

星孩看见她走了，很是高兴，便回到他的同伴那儿，准备去跟他们一块儿继续玩耍。

可是，当他的那些小伙伴们看见他跑过来时，都纷纷嘲笑他说：“你怎么跟蟾蜍一样丑陋、同毒蛇一样可恶呢？你快滚开吧！因为我们不能忍受和你这样丑陋、歹毒的人在一起玩。”于是他们把他赶出了花园。

星孩皱了皱眉头，自言自语地说道：“他们对我讲的究竟是什么呀？英俊的我怎么可能会变成他们说的那个样子呢？他们可是一直羡慕我长得漂亮的呀。我要到水井边去，去那儿看看自己到底是怎样的，水井会告诉我我是多么的漂亮。”

他便来到了水井边，朝井中望去。

啊！井水里映出的到底是什么呀！他看到自己的脸就跟蟾蜍一模一样，他的身子也像毒蛇一样难看。

他一下子扑倒在草地上，痛哭起来，并自言自语地说：“这是怎么一回事？这一定是我的罪恶给我带来的报应。因为我不认我自己的母亲，并赶走了她，对她又傲慢又残酷。所以我要去，要走遍全世界去寻找她，不找到她我就不休息。”

这时，樵夫的小女儿朝他走了过来，并把手放在他的肩膀上，对他说：“你失去了美貌有什么关系？我们是一家人，大家都是爱你的。你这个样子出去的话，他们会嘲笑你的。你还是跟我们待在一起吧，我不会挖苦你的。”

他对她说：“不，我现在意识到自己对待母亲实在是太残忍了，这种惩罚就是对我恶行的报应。所以我得马上就出发，走遍全世界去寻找我的母亲，直到找到她，得到她对我的宽恕。”

于是他便朝森林跑去，呼唤着他的母亲，叫她回到自己的身边来。但是，森林里没有一点回应。

他一整天都在呼唤她，却是没有人答应他。

太阳下山时，他躺下来在树叶铺成的床上睡觉。鸟儿和野兽见到他都纷纷逃开了，因为它们仍然记得他的残忍。他孤零零地一个人待着，只有蟾蜍会望望他，还有迟钝的毒蛇在他面前爬过。

早晨，他爬起身来，从树上摘下几个苦果子吃，然后穿过大森林朝前走去。他伤心地哭着，路上无论遇到什么，他都要上前询问，是否看见过他的母亲。

他对鼹鼠说："你能够到地底下去帮我看看，告诉我，我的母亲在哪儿吗？"鼹鼠却回答说："你忘记了吗，先前你已经把我的眼睛弄瞎了，我又怎么能帮你寻找母亲呢？"

他又对梅花雀说："你可以飞越好高好高的树顶，可以看见整个世界。你能帮我找到母亲的身影吗？"梅花雀却回答说："看来你早已忘记了，那时你为了取乐把我美丽的长翅膀剪掉了，我又怎么能飞起来帮你寻找母亲呢？"

对那只孤零零只身住在杉树上的小松鼠，他开口说道："可爱的小松鼠，你能告诉我我的母亲在什么地方吗？"小松鼠回答说："你已经杀死了我的母亲，让我成了孤儿。难道你也想杀死你的母亲吗？"

星孩听了这话后哭着低下了头，恳求上帝创造的这些生物们能够宽恕他以前所犯的错误。

他继续穿过森林前进着，寻找那位讨饭的女人。

到了第三天，他走到了森林的尽头，又来到了平原上。

他走过村子的时候，那里的孩子们都嘲笑他，并朝他扔石头，乡下人甚至连谷仓都不愿让他睡，因为他看上去是那么脏，生怕他会把贮存的谷物给弄得发霉了。乡下人雇用的看护仓库的人把他给赶走了。没有一个人同情他。

虽然三年来他走遍了世界各地去寻找她，但都没有打听到一点关于他母亲的消息。

不知为什么，他却似乎总感到她就在他前面的路上走着，他常常呼唤着她，追赶着她，直到他的双脚被尖硬的石块磨出了血来。但是他始终也追不上她，而那些住在路边的人都说他们没有看见过她或像她那样的女人。他们都拿他的悲痛寻开心。

尽管三年来他走遍了全世界，但在这个世界上他既得不到爱，也得不到关心，更得不到帮助。他现在这种遭遇正是他从前得意的时候为自己制造的呀。

一天晚上，他来到了一座围墙坚固的城市的城门口。该城位于一条河边。他又疲惫又脚痛，但他还是坚持要进城去。

守卫在那儿的士兵们看到他后，过来挡住他的去路，语气粗暴地对他说:“你到城市里来干什么？”

“我在寻找我的母亲。”他回答说，“我恳求你准许我进城去，也许她就在这个城市里。”

他们却挖苦他。其中的一个人摆弄着自己的黑胡须，放下手中的盾牌，大声吼道："你自己难道不知道吗？我估计你母亲看见你这个样子，她一定不会高兴的，因为你比沼泽地里的蟾蜍和那儿爬行的毒蛇还要令人恶心。快滚开，快滚开，你的母亲没有住在这座城里。"

另一个手中拿着一面黄旗的士兵对他说："你告诉我们，谁是你的母亲，你为什么要找她呢？"

他回答说："我母亲跟我一样也是个乞丐，我以前对她很不好。我恳求你允许我进去吧，让我好找到她，好让她给予我宽恕，如果她真的住在这个城中的话。"

然而，他们仍不让他进城，还用他们的长矛去刺他。

星孩见自己真的不能走进城门，只好哭着转身走了。

这时有一个人走了过来。这人穿着嵌有金花饰的铠甲，头盔上蹲着一头有翅膀的雄狮，他询问士兵是谁要求进城来。士兵们回答说："是个要饭的，他说他的母亲也是个要饭的，我们已经把他给赶走了。"

"不要，"那人笑着大声地说，"我们可以把这个丑家伙当奴隶卖掉的，他的身价可以值得上一碗甜酒的价钱。"

这时，一个年长的相貌丑陋的人从旁经过，大声说道："我会出个价钱买下他的。"他付了钱后，随即拉着星孩的手，带着他进城去了。

他们走过好几条街道，来到一扇小门前，这扇小门就开在石榴树树荫下的一堵墙上。

老人用一只刻纹的碧玉戒指在小门上挨了一下，门就打开了。他们走下五级铜阶，来到了一个长满黑色罂粟花的花园，那里有很多绿色的瓷瓦罐。

老人从他的缠头布上取下一条绸纹手帕，用它缚着星孩的眼睛，遮挡得严严实实的，老人在后面赶着星孩在他前面走。

走了一会儿，他们在一个地方停了下来。等到把绸纹手帕从星孩双眼上拿开时，星孩发现自己在一座地牢中，那儿点着一盏牛角灯。

老人在星孩面前放上一个木盘，里面装着一点发了霉的面包，并对他说:“吃吧。”还用一个杯子盛着有盐味的水，又对他说:“喝吧。”等星孩吃喝完毕，老人便走出去，把门锁上，还用一根铁链把门加牢固。星孩一个人孤独地留在地牢里，睡在冰冷的地上。

第二天老人又来见他。这位老人的确是利比亚魔术师中最能干的一个，他的本领是从住在尼罗河坟墓中的一位大师那儿学来的。

老人并没有教星孩什么魔术，而是皱着眉头对他说:“在这座邪教徒城市的城门附近一个森林中，有三块金币。一块是白色的，一块是黄色的，第三块是红色的。

“今天你要把白色的那块给我拿回来，如果你拿不回来的话，我就要抽打你一百下。

“你现在就出发，快快去吧，在太阳落山的时候，我会在花园的门口等你的。

“记住了吗？这次是去把白色的拿回来，否则你会倒霉的。因为你是我的奴隶，我花了一碗甜酒的价钱把你买下来的。”

他又用那块绸纹手帕绑住星孩的双眼，领着他走出了房子，穿过这座罂粟花的花园，走上五级铜阶。

他用戒指打开了那扇小门以后，便把星孩放到街上去了。

于是星孩就走出了城门，来到魔术师告诉他的那座森林中。

从外面看去，这座森林真是美丽无比，似乎处处都是鸟语花香的景象。星孩兴奋得走了进去。

然而森林的美并没有给他带来什么好处，因为不论他要去什么地方，地上都会冒出又粗又尖的荆棘，阻挡住他的去路。凶恶的荨麻会刺他，蓟也用尖刺来扎他，把他搞得疼痛难忍。

他忍着疼痛在森林里四处寻找，但是到处也找不到魔术师说的那块白金，尽管他从早上找到中午，又从中午寻找到日落。

太阳快要落山了，他还没有找到魔术师让他寻找的那块白金，他非常着急。日落以后他只好失望地转身离开森林，一路哭着回去了，因为他明白有什么样的命运在等待着他。

可是，就在他来到森林边缘时，他听见了林中某个人的一声痛苦的叫声。他一下子忘记了自己的烦恼，循着声音朝那个地方跑去，他看见一只小兔子掉进了猎人设下的陷阱里了。星孩对它很同情，就想尽办法把它给救了出来。小兔子被救出来后，非常感激他。

星孩对小兔子说:“我虽然只是个奴隶，没有自由，但是，我愿意帮助你找回自己的自由。”

兔子回答他说:“真的非常感谢你，你的确帮了我大忙，我拿什么来回报你呢？”

星孩对它说:“我正在寻找一块白金，可我哪儿也找不到它，如果我不能把它找回来给我的主人，他便会打我的。”

“这个好办，你就跟我来吧。”兔子说，“我保证会带你找到的，因为我知道它藏在什么地方，而且为什么要藏在那儿。”

于是星孩和兔子一起去找了。啊！就在一棵老橡树的裂缝中，他看见了自己要寻找的那块白金。

他兴奋得不得了，一把就抓住了它，对兔子说:“可爱的小兔子，你不知道我有多高兴。知道吗？你已经加倍地回报了我为你做的那么一点点事情，我对你表示的小小的恩惠，你已经一百倍地报答了我。”

“不是的，”兔子回答说，“我只不过是用你对待我的方式，回报了你罢了。”说完兔子就跑开了，星孩也带着那块白金朝城市走去了。

在城市门口坐着一个麻风病人，他的脸上盖着一块绿麻布的头巾，他那双眼睛像烧红的炭似的在麻布上的小眼洞里闪着光芒。

当他看见星孩走过来时，便敲击着一个木碗，并摇着他的铃，呼唤着星孩，说道：“好心的孩子，可怜一下我吧，给我一个钱币吧，否则我会饿死的。我已经病了很久，人们把我赶出了城市，现在没有一个人同情我。”

“哎呀！”星孩大声叹息道，“虽然我很同情你的遭遇，可是我的钱包里只有一个钱币呀，要是我不把它带给我的主人，他就会打我，因为我是他的奴隶。”

但是麻风病人不管这些，仍旧缠着他，恳求着他。后来星孩终于动了怜悯之心，把白金钱币给了他。星孩只好空着手回来了。

星孩回到魔术师的房间，魔术师为他打开门，让他进了屋，对他说道：“你取到那块白金钱币了吗？”星孩回答说：“我没有拿到。”

魔术师一听这话非常生气，一下子朝星孩扑过来，使劲击打着他。可怜的星孩被打得浑身疼痛。魔术师打完了星孩，就在他面前放了一个空木盘，对他说：“吃吧。”又给了他一个空杯子说：“喝吧。”然后就把他推到地牢中去了。

浑身疼痛的星孩一个晚上又冷又饿又渴。

第二天，魔术师又来到他身边，对他说：“如果你今天不能给我拿回那块黄金钱币，我一定要你继续做我的奴隶，并抽打你三百下。”

于是星孩只好带着伤痛，步履蹒跚地又到森林中去了。一整天他都在森林中寻找那块黄金钱币，可是哪儿也找不到。日落时他便坐下来，开始痛哭起来。就在星孩哭的时候，一只小兔子跑了过来，就是他从陷阱中救出来的那只小兔子。

兔子对他说：“你为什么哭了？你又在林中寻找什么呢？”

星孩回答说：“我在寻找一块黄金钱币，它就藏在这儿，可是我哪儿也找不到它。如果我今天不能把它带回去的话，我的主人就会打我，并把我当作奴隶对待。”

“跟我来吧。”兔子大声喊着，它跑着穿过林子，一直跑到一个水池旁。那块金币就躺在水池的底部。

“每次都是你帮着我找到的，我真不知该如何感谢你？”星孩说，“对了，这已经是你第二次救我了。”

“你不要客气，这是应该的，因为是你首先对我表示了同情。”兔子说完，就飞快地跑走了。

星孩拿到了那块黄金钱币，把它放在钱包中，匆匆地朝城市赶去，心想今天应该不会挨打了，终于可以吃饭了。

可是那个麻风病人正等在城市门口，看见星孩走了过来，就跑上前去迎接他，并跪倒在他的面前，哭着说：“好心的孩子，求求你给我一块钱币吧，否则我会饿死的。”

星孩对他说：“在我的钱包里，我只有一块黄金钱币，如果我不把它交给我的主人，他会打我，并让我继续当奴隶的。”然而麻风病人仍旧苦苦地哀求，于是星孩又动了恻隐之心，把那块黄金钱币又给了他。

等极度疲乏的星孩回到魔术师的屋中，魔术师为他开了门，让他进来，对他说：“你拿到那块黄金钱币了吗？”星孩便对他说：“我没有拿到。”气急败坏的魔术师一下子又朝他扑去，使劲抽打着他，并用链条把他锁上，然后把他扔进了地牢中去。

可怜的星孩已经两天没有吃东西了，他感觉自己浑身没有一点力气。

第三天，魔术师又来到他身边，对他说：“如果你今天把那块红色的金币给我带回来的话，我会放了你的；但是你若是带不回来的话，我肯定会把你杀了。”

于是星孩只好又来到了那片森林中，一整天他都在寻觅那块红色的金币，但是哪儿也找不到。

天色越来越晚了，他急得坐在那里哭了起来。就在他哭的时候，那只小兔子又跑到了他的面前。

小兔子问了他要找的东西，然后很有把握地对他说：“告诉你吧，你要找的那块红色的金币就在你身后的那个山洞里。所以你不用再哭了，你现在应该高兴才对。”

“我如何才能报答你呀？”星孩大声说，“这已经是你第三次救我了。”

“不用客气的，要知道，你才是第一个同情我的人。”兔子说完就匆匆地跑开了。

星孩依照小兔子所说的，小心翼翼地进入了山洞中，在最里面的角落里他真的找到了那块红色的金币，他开心极了。

于是他把它放进了钱包，急忙返回城市。

当星孩快要到达城门口的时候，那个麻风病人看见他来了，就站在公路的中央，高声痛哭起来，并对他说：“快给我那块红色的钱币，否则我一定会死的。”星孩禁不住他的软磨硬泡，又一次动了怜悯之心，就把那块红色的金币给了他，说道：“你比我更需要它。”然而这时他的心情是沉重的，因为他清楚地知道会有什么样的厄运在等待着他。

可是就在他垂头丧气地经过城门口的时候，卫兵们都向他鞠躬行礼，口中说道：“我们的皇上多么英俊啊！”一群市民也跟着他，高声欢呼道：“这个世界上的确找不到比他更漂亮的人了！”星孩听后却哭了起来，同时对自己说：“他们又在嘲笑我了，拿我的不幸寻开心。”

他身边的人越聚越多，他在人群中迷了路，最后发现自己来到了一个巨大的广场上，这儿正是国王的宫殿。

王宫的大门打开了，僧侣和大臣们都出来迎接他，他们对他鞠躬行礼，并说：“您就是我们正在恭候的殿下，您就是我国国王的儿子。”

星孩回答他们说："你们不要再继续拿我开心了，我根本不是什么国王的儿子，只是一个穷要饭的女人的儿子。你们为何要说我漂亮？我知道我的长相有多丑陋。"

这时，那位铠甲上嵌着金花饰，头盔上蹲着一头有翅膀的雄狮的先生，手中举着一面盾牌，大声说道："我们的国王怎么能说他自己不漂亮呢？"

星孩抬头望去，从盾牌里他看到了自己现在的样子。啊！他的脸又跟从前一样了，他的美貌又恢复如初了，而且他还看到自己的眼中，闪烁着一种以前从未见到过的东西。

僧侣和大臣们跪在他面前，对他说："一个古老的预言曾经说过，就在今天有一个人要来统治我们。所以，请我们的国王接受这顶王冠和这根王杖，用他的公正和仁慈来统治我们吧。"

不过星孩却对他们说："我不配得到这些，因为我连自己的生母都不认，而且在没有找到她之前，在没有得到她的宽恕之前，我是不会休息的。所以还是让我走吧，因为我要再次走遍世界各地寻找我的母亲。尽管你们要把王冠和王杖给我，但我是不会留在这儿的，我必须走了。"说完这番话后，他就转过身去，昂首阔步地朝着通向城门的街上走去。

忽然，在不远处周围拥挤的人群中间，他看见了自己那位讨饭的母亲，在她的身旁站着那个麻风病人，他就站在大路中间。

他兴奋得大叫着跑过去，跪下身子，去吻他母亲脚上的伤口，用自己的泪水去洗它们。他把头垂在尘埃中，放声痛哭着，像一个心碎的人儿。

过了一会儿，他对妈妈说：“母亲，我在自己最得意的时候没有认你。而现在我这样卑微的时候你就收下我吧。母亲，我曾恩将仇报，请你再爱我一次吧。母亲，我拒绝过你，现在就请你收下你的孩子吧。”

可是讨饭的女人没有回答他一个字。

他又伸出双手，抓住那个麻风病人的一双苍白的脚，对他说：“我曾三次冒着被打死的危险同情过你。请你帮帮我，叫我的母亲对我说一句话吧。”

可是麻风病人也不回答他一个字。

他又哭了起来，说：“母亲，我的痛苦已经大得让我忍受不了啦。你就饶恕我吧，让我回到森林中去。”

只见讨饭的女人把手放在他的头上，并对他说：“起来吧。”麻风病人也把手放在他的头上，说：“起来吧。”

他站起身来，望着他们，啊！原来他们正是国王和王后。

王后对他说：“这是你的父亲，你曾救过他。”

国王说：“这是你的母亲，你用泪水洗过她的双脚。”

他们俯下身来搂住他的脖子，亲吻他，并带着他走进了王宫，给他穿上了漂亮的衣服，并把王冠给他戴在头上，把权杖放在他的手中。从此，他统治着坐落于河边的这座城市，成为它的主人。

从此，他对所有的人都表现出了极大的公正和仁慈，他赶走了那个邪恶的魔术师，并送了好多财宝给那对养育过他的樵夫夫妻，并把许多荣誉给了他们的儿女们。

在做国王期间，他不能容忍任何人虐待鸟兽，并且用爱、仁慈和宽恕去教育人民。他把面包送给穷人，把衣服送给赤身露体的人……在这个王国里，处处充满了和平和繁荣。

然而他的统治时间并不长，因为他受的磨难太深了，遭遇的考验太重了，三年过后，他就去世了。他的后继者却是一个非常坏的统治者。

渔夫和他的灵魂

也许你早就知道安徒生的童话里那条美丽可爱的美人鱼，《渔夫和他的灵魂》中也有一条小美人鱼，她也非常美丽。渔夫爱上了她，为了她，渔夫把自己的灵魂从身体里切开了。灵魂独自去旅行，他得到了智慧，得到了财富，还见到一位光脚跳着美丽舞蹈的少女。灵魂用这些来诱惑渔夫……

灵魂成功了吗？小美人鱼的结局是怎样的？渔夫最终和她在一起了吗？让我们跟随作者的笔触去感受爱情的魅力吧！

故事对灵魂三次旅行的描写充满着浓郁的异域风情，神秘、精致，让人心向往之。

每个夜晚，年轻的渔夫都会摇着他的小船出海去捕鱼，他一次次地把网撒到海里去。

风从陆地上吹来的时候，他便什么也捕不到了，或者最多只能捉到很少的一小点，因为那是一种相当猛烈的长着黑翅膀的风。它吹来的时候，就连巨浪也跳起来欢迎它。

不过当风朝岸上吹去的时候，鱼儿们便从深海里浮上来，游到他的网里，那样他就可以把抓来的鱼带到市场上去卖掉。

他是个勤劳的渔夫，每天晚上他都备好渔船出海捕鱼。

有一天晚上，在收网的时候，他感觉网比以往都重，于是用尽全身的力气使劲拉网。

这一次不知道到底网住了什么，渔网真是从来没有这样重过。

他拼命拉着网，一不留神还差一点让网给拖下船去。他笑了，自言自语地说："我一定是把海里所有的鱼都给捕住了，要不就是把人们当成奇迹的什么怪物给弄进了网中，再不然就是伟大的女王喜欢的那种可怕的东西。"

他使出全身的力气紧紧地拉着这根粗绳子，直到手臂上长长的血管给拉得冒了起来，就像绕在花瓶上的蓝色彩釉的条纹一样。

他又使劲地扯着细绳，近了，那个扁平的软木浮圈越来越近了，网终于升出了水面。

网终于被拉了上来。可是，年轻的渔夫发现网里面既没有满满的鱼，也没有什么怪物或任何可怕的东西，只有一个熟睡的小美人鱼躺在里面。

她的头发像是湿漉漉的金羊毛，而每一根头发都如同放在玻璃杯中的细金线。她的身体白得跟象牙一样，她的尾巴如同银子和珍珠的颜色，翠绿的海草缠绕着她；她的耳朵像贝壳，她的嘴唇像珊瑚。冰凉的波浪冲击着她的胸膛，海盐在她的眼皮上闪闪发光。

她是多么美丽啊，年轻的渔夫一见到她，心里充满了欢喜和惊叹。

他伸出手去把渔网拉到自己身边，并俯下身去，把她紧紧地抱在自己的怀中。

他挨着她的时候，她像受惊的海鸥一样大叫了一声，就醒了。她用紫水晶般的眼睛惊恐万分地望着他，极力挣扎着想脱身逃走。可他却紧紧地抱着她，不甘心就这样放她走。

她看见自己已无法逃脱时，便哭了起来，并且边哭边说："好心的渔夫，求求你放了我吧。我是国王唯一的女儿，我父亲已经年纪大了，他身边又没有别的亲人。求求你，请放我回去吧！"

可是年轻的渔夫却回答说："我不会放你走的。除非你答应我，不论我什么时候呼唤你，你都能及时来为我唱歌。因为鱼儿都喜欢听美人鱼的歌声，这样我每次捕鱼的时候，我的网就会装得满满的了。"

"如果我答应了你，你真的会放我走吗？"美人鱼哭着说。

“我一定会放你走的。”年轻的渔夫回答说。

于是她照他所希望的那样做了保证，并以美人鱼的誓言诅了咒。

渔夫于是松开了胳膊，她带着一种莫名的恐惧颤抖着，沉到海水中去了。

从此，每天晚上只要年轻的渔夫外出捕鱼，都要唤来美人鱼，她便从海水中冒出来，为他唱歌。

美人鱼唱歌的时候，海豚们在她的周围快乐地游来游去，海鸥们高兴地在她的头顶上空盘旋着。

她唱起了一首美妙无比的歌，因为她唱的是自己同伴的故事，他们赶着牲口从一个山洞来到另一个山洞，肩头上扛着小牛犊；她还唱起了半人半鱼的海神们，他们长着绿色的长胡须，毛茸茸的胸膛，每当国王经过的时候，就吹响螺旋形的海螺。

她唱到了国王的宫殿，那全部都是用琥珀造成的，屋顶用透明的绿宝石做成，道路由发光的珍珠铺就。

她唱到了海中的花园，那里有巨大的珊瑚，大扇贝整天都在舞动着，鱼儿像银鸟似的穿来游去，秋牡丹攀附在岩石上，粉红色的石竹在黄沙中发出幼芽。

她唱起了那些来自北海底部的大白鲸，它们的身上挂着尖尖的冰柱。她唱到了那些会讲动人故事的女妖们，她们的故事实在奇妙，过往的盲人们都用蜡来堵住自己的耳朵，以免听到她们讲的故事而跳入大海失去性命。

她还唱到那些有着高高桅杆的沉船，冻僵的水手们紧抱着缆绳，青花鱼通过开着的舱门进进出出。

她唱到了那些小螺蛳，他们都是伟大的旅行家，粘贴在船的龙骨上把世界游了个遍。

她唱到了住在悬崖边的乌贼鱼，伸出它们那些长长的黑手臂，只要它们愿意，随时可以叫黑夜降临。

她还唱到了鹦鹉螺，它有一艘用猫眼石刻出来的属于它自己的小船，用一张丝绸帆去航行。

她唱起那些弹着竖琴的雄性美人鱼，他们可以让大海怪进入梦乡。

她唱到一群小孩子，他们捉住滑溜溜的海豚，笑着骑在它们身上。

她又唱起了美人鱼，她们躺在白色的泡沫中，伸出手臂向水手们挥动。

她唱到了那些身体长得弯弯的海狮，以及长着飘动的鬃毛的海马。

在她唱歌的时候，所有的金枪鱼都从水底蹿上来听她的歌声。年轻的渔夫乘机在它们的四周撒下网，轻而易举地就把它们一网打尽，网外的鱼又被他用锋利的渔叉给捉住了。

等他的船装满了以后，美人鱼便朝他笑笑，然后就沉入到水底下去了。

然而，她却不愿意游近他身旁，让他摸到她。

无论他怎样呼唤她，并恳求她，可她就是不愿意；只要他想捉住她时，她便像一头海豹似的，一下子蹿入水中，而且那一整天他再也看不见她了。

日复一日，他觉得她的歌声越来越动听了。

她的歌声是那么的美妙动听，他常常听得忘了渔网和手中的活计，甚至连自己是谁也忘了。

金枪鱼成群地游过来，带着朱红色的鳍和突出的金眼，可是他却像是没有看到它们似的，更别提撒网捕鱼了。

他的鱼叉也闲在了一边，没有用武之地；他那以前总是装得满满的柳条篮子里面，如今也是空空的。

只见他听歌听得如痴如醉，张着嘴巴，瞪着惊异的眼睛，眼神迷离，呆呆地坐在船上倾听着，一直听到茫茫海雾笼罩在他的四周，游荡的月亮用银白的光辉洒满他褐色的身躯。

有一天晚上，他把她唤来，说道："小美人鱼，小美人鱼，我爱上你了，让我来做你的新郎吧，因为我太爱你了。"

然而美人鱼摇摇头。"你拥有一个人的灵魂，那样我不能爱上你。"她回答说，"如果你肯送走你的灵魂，那样我才可能会爱上你。"

年轻的渔夫对自己说："我的灵魂对我有什么用呢？我看不见

它，也摸不着它，我更不了解它。你放心好了，我一定会把它从我身上拿走的，这样我就可以爱你了，我们在一起肯定会非常非常开心的。”接着他激动地从彩色的船上站起身来，朝美人鱼伸出了胳膊。

“可爱的小美人鱼，我一定会把我的灵魂送走的。”他大声说，“你做我的新娘吧，我来做你的新郎，在大海的底部我们共同生活在一起，凡是你歌里唱过的都领我去看一看，凡是你希望的我都尽力去做。我们天天幸福地生活在一起，永生永世也不分开。”

小美人鱼听后高兴地笑了，并害羞地把脸藏在自己的双手中。

“可是，我如何才能把我的灵魂送走呢？”年轻的渔夫大声问，“美人鱼，请告诉我该怎样做。噢，相信我一定会去做的。”

“啊呀！我也不知道。”小美人鱼说，“我们美人鱼家族是没有灵魂的。”说完她就沉入水底，若有所思地望着他。

第二天一大早，太阳在山顶上升起还不足一丈高的时候，年轻的渔夫就来到神甫家并轻轻敲了三下门。

看门人从门洞中朝外面望去，等他看清了来人后，便拉开门，并对来人说：“请进。”

年轻的渔夫走了进去，他跪在地板上那个散发着芳香的灯芯草垫上，向神甫大声说：“尊敬的神甫，我爱上了一位美人鱼，而我的灵魂阻碍着我，使我不能实现自己的愿望。请告诉我，我怎样才能把灵魂从我身上送走，因为我真是用不着它了。我的灵魂对我还有什么用处？我看不见它，也摸不着它，我又不了解它。”

神甫听了渔夫的一番话后，吃惊地捶打着自己的胸膛说：“哎呀，哎呀，你是不是疯了呀？你是吃了什么毒草了吧？你难道不懂得吗，灵魂是一个人最高贵的部分，是上帝赐给我们的，我们应该用得高贵才对。

“在这个世界上，没有比人的灵魂更珍贵的东西了，地上的任何东西都不能与它相比。它的价值比得上世上所有的金子，而且比国王们的红宝石还要值钱得多。

“所以，我的孩子，不要再想此事了，因为这是一桩不可饶恕的罪过，是多么荒唐的想法呀。

“至于美人鱼家族，他们已经迷失了，而且谁要是与他们在一块儿，也会迷失的，他们连灵魂都没有。他们就同地上那些不分善与恶的野兽一样。”

听完神甫这番严厉的话语之后，年轻渔夫的双眼充满了泪水。

他站起身来，对神甫说道：“神甫，牧神们住在森林中，他们都很快活，雄美人鱼坐在岩石上弹着他们金红色的竖琴，也很快活。让我跟他们为伍吧，我求您了，因为他们过着跟花儿一样幸福快乐的日子。至于我的灵魂，如果它会在我和我所爱的东西之间形成障碍的话，那么我的灵魂对我有什么用处呢？”

“肉体的爱是邪恶的。”神甫皱着眉头大声说道，“林中的牧神们应该受到诅咒，海洋中的歌唱者们也该受到诅咒！

“我在夜晚还听到过她们的歌声，她们要引诱我离开我的讲经课。她们敲我的窗户，大声地笑着。她们往我的耳朵里轻声地讲述那些欢乐的故事。她们以种种诱惑来引诱我，我在祷告的时候，她们就来戏弄我。她们是没救了。因为她们心中既没有天堂，也没有地狱，她们更不会赞美上帝的名字。”

“神甫，”年轻的渔夫大叫着说，“你不知道你自己在说什么。有一次我用渔网捕捉了大海中那个国王的女儿。她比晨星还要美丽，比明月还要洁白。为了她的肉体，我愿意交出我的灵魂；为了她的爱，我宁愿不要天堂。请告诉我求你的事吧，让我平静地离开吧。”

“去吧！去吧！”神甫气得大声叫喊起来，“你的情人是无可救药了，你也是无可救药了，你会跟她一起垮掉的。”神甫没有给他什么祝福的话就把他赶出了门。

年轻的渔夫来到了市场上，他走得很慢，低着头，一副愁眉苦脸的样子。

商人们见他走来，他们便相互低语起来。他们中的一个人朝他走来，叫着他的名字，对他说：“你要卖什么东西？”

“我要把我的灵魂卖给你们，”他回答说，“我恳求你把它从我身上买去吧，因为我已经讨厌它了。我的灵魂对我有什么用处呢？我看不见它，也摸不着它，我更不了解它。”

可是商人们开始嘲笑他，他们说：“你都觉得自己的灵魂对你一点儿用处都没有，那么你的灵魂对我们又有什么用呢？它连半个破银币也不值。

“把你的身体卖给我们当奴隶吧，我们会为你穿上蓝紫色的衣服，在你的手指上戴一枚戒指，让你去给伟大的女王当小丑。还是不要再说什么灵魂了，因为它对我们无用，而且对我们的工作也毫无价值。”

年轻的渔夫对自己说：“这事有多么奇怪呀！神甫对我说灵魂的价值比得上全世界的黄金，而商人们却说连半个破银币都不值。”

于是他离开了市场，走到海边，开始思考他该怎么办才好。

正午时分，他想起了自己的一位伙伴，那是个采集伞形草的人，他曾经对他讲过，有这么一位年轻的女巫，住在海湾入口处的一个洞穴中，她的巫术是如何如何的了不起。

于是他便跑步出发了，他迫不及待地要把自己的灵魂给处理掉。

他在海滩上狂奔着，身后扬起一股尘雾。

年轻的女巫凭着自己的手掌发痒就预知了他的到来。她笑了起来，并把自己的一头红发散开。

她站在敞开的洞口处，一头红发披落下来，包裹着她的脸，在她的手中拿着一枝开放着的野毒芹。

“你缺少什么？你缺少什么呢？”她大声问道，此时他正气喘吁吁地迈上悬崖，俯身向她行礼。

“在风向不利的时候，让鱼儿进入到你的网中吗？我有一根小芦苇，只要我吹起它，鲤鱼便会游到海湾里来。不过这是有代价的，漂亮的孩子，这可是有代价的。

“你缺少什么？你缺少什么呢？是不是想要一场风暴把船刮翻，以便把满载珍宝的箱子吹到岸上来？我的风暴超过了狂风，因为我所服侍的人比狂风更强大，用一个筛子和一桶水我就可以把大船送到海底下去。不过这是有代价的，漂亮的孩子，这可是有代价的。

“你缺少什么？你缺少什么呢？我知道一种生长在山谷中的花，除了我无人知道这种花。它有紫色的叶子，花心上长着一颗星，它的汁像牛奶一样白。只要你用这种花去碰一下王后紧闭着的嘴唇，她会从国王的床榻上起来，顺从地跟着你走遍世界各地。不过这是有代价的，漂亮的孩子，这可是有代价的。

“你缺少什么？你缺少什么呢？我能够在碾钵中捣蟾蜍，并把捣好的东西做成稀羹，还用一只死人的手去搅拌它。把羹洒在你仇人的身上，在他入睡的时候，他就会变成一条黑色的毒蛇，他的母亲也会把它给杀死的。用一只轮子我就能把月亮从天上给拉下来，我还可以让你在水晶球里看见死亡。你缺少什么？你还缺少什么呢？不过你要报答我的，漂亮的孩子，你可要报答我的。”

“我所想要做的只不过是件小事，”年轻的渔夫说，“然而神甫却为此跟我生了气，把我给轰了出来。这只是件小事，商人们也拿我开玩笑，拒我于千里之外。所以我才在朋友的指点下来到这个地方找你，虽然人们都说你邪恶，但是不论你的开价是多少，我都会付给你的。”

“你到底想要什么呢？”女巫走到他面前，开口问道。

“我要把我的灵魂送走。”年轻的渔夫回答道。

女巫听到渔夫的话后，脸色顿时变得苍白，并浑身发起抖来，还把她的脸藏在蓝色的大履里。“漂亮的孩子，漂亮的孩子，”她喃喃地说，“你所说的，那可是一件可怕的事情。”

年轻的渔夫摇摇自己那头棕色的头发，笑了起来。“我的灵魂对我已毫无用处，”他回答说，“我既看不见它，也摸不到到它，更不了解它。”

“如果我告诉了你送走灵魂的办法，你会送给我什么呢？”站在高处的女巫一边用美丽的眼睛望着他，一边问道。

“五个金币吧，”他说，“还有我的渔网，我住的柳条编造的屋子和我驾驶的涂着色彩的船。你只需告诉我如何去掉我的灵魂，我就会把我所拥有的一切都送给你。”

她嘲弄地笑了起来，并用那枝毒芹草抽打着他。

“我可以把秋天的树叶变成黄金，”她回答说，“我还可以把惨淡的月色编织成我喜欢的银子。我服侍的人比世界上所有的国王都更富有，并占有与他们一样大的王国。”

“那么我要给你什么东西呢？”他大声叫喊着，“如果你的代价既不是黄金又不是银子的话，那么，你到底想要什么？”

女巫用她那纤细的白手抚了抚他的头发。“你得陪我跳舞，漂亮的孩子。”她轻轻地说着，还诡秘地笑着看他。

“就只要这个吗？”年轻的渔夫吃惊地问着，并站起了身。

“就只要这个。”她一边说，一边微笑地望着他。

“那么等太阳下山后，我们就去一个秘密的地方去跳舞。”他说，“舞跳完后你就得告诉我我想知道的事情。”

女巫摇摇头。“等到月圆的时候，等到月圆的时候才能去跳舞。”她轻声地说。接着她朝四下望了望，并侧耳听了听。

一只蓝鸟尖叫着从巢窝中飞了起来，在沙丘上绕着圈子，三只有斑点的小鸟跳跃着窜过灰色的杂草，还相互打着口哨。此外还有下面波浪冲洗光滑的卵石的声音。

于是她伸出双手，把他拉到她自己的身边，把干嘴唇靠近他的耳朵。

“今天晚上你一定要到山顶上来，”她轻声地说，“今天是安息日，‘他’会到这儿来的。”

年轻的渔夫吃惊地望着她，望着她那露出白色牙齿的笑脸。

“你说的那个‘他’是什么人？”他开口问道。

“这倒无关紧要。”她回答说，“今晚你得来，站在鹅耳枥树的枝叶下面，等着我来。如果有一条黑狗朝你跑来，你就用一根柳条去抽打它，它就会走开的。如果有只猫头鹰对你说话，你可不要回答它。等月亮圆了的时候，我就会来到你的身边，我们便在草地上一起跳舞。”

“不过你愿对我保证，你会告诉我如何把我的灵魂送走吗？”他这样问道。

她来到了阳光底下，风轻轻地吹动着她那一头红发。“我以山羊的蹄子发誓。”她回答说。

“你是女巫中最好的，”年轻的渔夫大声说，“我今天晚上一定会到山顶上跟你一起跳舞的。其实，比起跳舞来，我更愿意你向我要黄金或白银。不过你既然需要这样的代价，而且是件心事而已，那么你就会如愿以偿的。”说完他脱帽向她行礼，深深地鞠了一个躬，就满心欢喜地跑回到城里去了。

女巫远远地看着他离去，等他的身影消失以后她才回到了自己的洞中，并从刻花的杉木匣子里面取出一面镜子，把它放在一个架子上面，还在架子前面烧得发亮的木炭上燃起马鞭草来，以便透过烟圈来观察镜子。“他本应该是我的。”她喃喃地说着，一边气呼呼地捏紧拳头，“我跟她一样漂亮。”

那天晚上，月亮升起来以后，年轻的渔夫便爬到了山顶上，站在鹅耳枥树的枝叶下面。

在他的脚底下横躺着的环形海面，像一面磨光的金属的圆靶，渔船的影子在小海湾中晃动着。一只长着一双黄色琉璃般眼睛的大猫头鹰叫起了他的名字，但是他没有理睬。一条黑狗朝他跑来，对他汪汪地叫着。他用一根柳条向它打去，狗儿哀叫着跑开了。

午夜时分，女巫们像蝙蝠似的从空中飞来了。还没等她们脚跟在地上站稳，她们就叫了起来："呸！这儿有一个我们不认识的人！"她们用鼻子到处嗅着，相互说着话，还做出暗号。最后赶来的是那位年轻的女巫，她的满头红发在风中飘舞着。她身着一件上面绣满孔雀眼睛的金丝绒衣裳，一顶绿色的天鹅绒小帽戴在她的头上。

"他在什么地方？他在什么地方？"女巫们一看见她就尖声叫着问道。然而她只是笑了笑，跑到鹅耳枥树下面，牵着年轻渔夫的手，把他领到月光底下，开始跳起舞来。

他们转了一圈又一圈，年轻的女巫跳得老高老高的，他都可以看清楚她那深红色的鞋跟。这时一阵马匹奔驰的蹄声冲着舞蹈者们传了过去，可是并不见马的影子，他便觉得好害怕。

"再快一点儿。"女巫大声说，并伸出胳膊挽着他的脖子，她的气息热乎乎地扑在他的脸上。

"快点，再快点！"她大声叫道。他觉得脚下的地面仿佛都旋转了起来，他感到好难受，一股巨大的恐惧袭上身来，似乎有什么邪恶的东西在注视着他。最后他注意到了，在岩石的阴影处真的有一个人，那是先前他不曾见过的人。

那是一个男人，身穿一套黑色的天鹅绒服装，是按西班牙式的武士方式。他的脸有一种古怪的苍白色，他的嘴唇却似一朵骄傲的玫瑰花。他看上去好像是很疲倦的样子，他朝后靠着身子，有气无力地抚弄着短剑的剑柄。

在他身边的草地上放着一顶羽毛帽，还有一双镶着金边的骑马戴的手套，上面绣着设计非常新奇的珍珠饰品。他的肩膀上挂着一件黑皮衬里的短外套，他那双纤巧的雪白色手上戴满了戒指。沉重的眼皮垂在他的眼睛上。

年轻的渔夫望着他，仿佛是中了什么魔法似的。最后两人的眼睛相遇了，不论他跳舞跳到什么地方，他都似乎感觉到那人的一双眼睛一直注视着自己。他听见年轻的女巫笑了，于是便搂住了她的腰身，带着她疯狂地转起了圈来。

突然，一条狗在林子中叫了起来。跳舞的人都停住了，一对一对的舞伴走了过去，跪下身去，吻着那个男人的手。

在她们这样做的时候，一丝微笑挂在了他骄傲的嘴唇上，就像是只小鸟用翅膀挨着了水面，让水挂上笑容一样。

不过他的笑容中带着轻视的意味。他仍然一个劲地望着年轻的渔夫。

“来呀！我俩去拜见他。”女巫耳语道，并把他拉了过去。一股强烈的欲望促使他想要去做她求他去做的事情，他就随着她去了。可在走近他的时候，不知道是什么缘故，他在自己的胸前画起了十字，并呼唤着圣名。

他刚刚做完了此事，女巫们便都像老鹰似的尖叫起来，且飞走了，而那张一直望着他的苍白的脸也因痛苦而扭曲了起来。

只见那个人朝小树林中走去，吹起了口哨。一匹戴着银制辔头的小马跑过来接他。他跨上马鞍时，转过头来，悲伤地望了望年轻的渔夫。

有着一头红发的女巫也想飞走，可是渔夫抓住了她的手腕，紧紧地捏住不放。

“放开我，”她大声叫着说，“让我去吧。因为你叫出了不应该叫的名字，并做出了我们不应该看到的记号。”

“到底是怎么回事，他们为何都走了？”他回答说，“除非你把秘密告诉我，否则我是不会放你去的。”

“什么秘密？”女巫说，并像一头野猫似的挣扎着，还紧咬着她那冒泡沫的嘴唇。

“你知道的。”他回答说。

她那双草绿色的眼睛被泪水冲暗了，她对渔夫说：“你向我提什么都可以，除了这个以外。”

他笑了，并把她的手抓得更紧了。

她知道自己是跑不掉了，便不再挣扎，于是便俯过身子悄声对他说：“其实，我跟大海的女儿一样美丽，也与那些住在碧蓝海水中的少女们一样可爱。”她一边向他讨好，一边把脸朝他的脸挨过去。

但是他皱着眉头把她的脸推开了，并对她说：“如果你不能做到向我允诺的事情，那么我就要把你当作假女巫来杀死。”

听了这话，她的脸一下子就变成了灰色，像洋苏木的鲜花一样，并颤抖起来。“既然如此，”她喃喃地说，“你想拿走的是你的灵魂，又不是我的。那么就照你说的那样去做吧。”说完从腰带上取出一把有着绿色蛇皮刀柄的小刀来，并交给了年轻的渔夫。

“这个东西对我会有什么用处呢？”他不解地问她。

她沉默地停顿了一会儿，恐惧的表情袭上了她的脸。随后她把垂在前额的头发向后抹去，古怪地笑着对他说：“平时人们所说的人体的影子，其实并不是身体的影子，而是灵魂的影子。你背对着月亮站在海滩上，然后把你双脚周围的影子用刀切开，那就是你灵魂的身体，然后你叫你的灵魂离开，它就会按你的话去做的。”

听完女巫的叙述，年轻的渔夫激动地颤抖起来。“这是真的吗？”他低声问。

“这是真的，我倒希望我没有告诉过你这件事。”她大声说，并抱住他的双膝哭了起来。

他已经等不及了，他把她推开，把她留在繁茂的草丛中，他走到山顶边，把小刀插进他的腰带里，开始往山下走去。

当年轻的渔夫知道怎么分割自己的灵魂后，他的灵魂在他的体内开始呼唤着他，对他说：“喂！我和你一同生活了这么些年，一直是你的仆人。难道你对我没有一点儿感情吗？请不要让我离开你，难道我对你做了什么坏事吗？”

年轻的渔夫笑了。“你没有做什么对不起我的事，只是我不再需要你了。”他回答说，“世界宽阔无比，有天堂，也有地狱，以及位于这两者之间的那些阴森森的房子。去你喜欢去的地方吧！不要再打搅我了，因为我的爱人在召唤我。”

他的灵魂在苦苦地恳求着他，但是他并不理睬它，而只是从一个岩石跳到另一个岩石，脚步快得似一头野山羊那样。最后他跑到了一块平地上，来到了蜜色的洒满月光的海滩上。

他站在海滩上，背对着月亮。他有着青铜色的四肢和结实的肌肉，看上去像一座希腊人完成的雕像一样。从海水的泡沫中伸出好多白色的胳膊在召唤着他，从波浪中升出一些朦胧的身影在向他行礼。

在他的面前横躺着他的影子，那就是他灵魂的身体，在他的身后蜜色的天空中悬挂着一轮明月。

这时他的灵魂对他说：“如果你真要赶我走的话，你就得先送一颗心给我才行。世界是残酷的，让你的那颗心跟我一起走吧。”

他摇了摇头笑了。“你真会开玩笑，如果我把我的心给了你，那么我拿什么去爱我的爱人呢？”他高声喊道。

“不，你难道就不能发发慈悲吗？”他的灵魂说，“我们就要分别了，把你的心给我，因为这个世界太残酷了，我有些害怕。”

“我的这颗心是属于我的爱人的，我不能给你。”他回答说，“所以不要耽误时间了，你就快点离开这儿吧。”

“难道我就不应该爱吗？”他的灵魂问道。

“你走吧，因为我不需要你了。”年轻的渔夫吼叫着，他抽出那把绿色蛇皮刀柄的小刀来，在他的双脚四周把他的身影切开，影子立起了身子就站在他的面前，望着他，那样子简直跟他本人没有区别。

他朝后退缩着，把小刀插进自己的腰带中，一种莫名的恐惧袭上身来。“快走吧，”他喃喃地说，“不要让我再看见你的脸。”

“不，我们一定会再见面的。”灵魂说，它的声音很低，好像笛子的声音，它说话的时候连嘴唇都没有动一下。

“我们怎么可能会再见面呢？”年轻的渔夫大声说，“你不会也跟我到海洋深处去吧？”

“我每年都来这儿一次，来呼唤你，”灵魂说，“也许你会有需要我的时候。”

“我还需要你来做什么呢？”年轻的渔夫高声喊道，“不过随你的便吧。”说完他就一头扎进海水中去了，那些半人半鱼的海神们吹响了他们的号角，小美人鱼们也都纷纷游上来迎接他，并伸出她们的手臂搂着他的脖子，还吻他的嘴。

这时灵魂却孤零零地站在海滩上，望着他们。等他们沉入海水中去以后，它便哭泣着穿过沼泽地走了。

转眼间一年过去了，灵魂又回到了海滩上，呼唤着年轻的渔夫。他从海底下浮了上来，并对它说："你为什么要唤我呢？"

灵魂回答说："走近一点儿，我好与你说话，因为我看见了好多奇妙的东西。"

于是他走近了一点儿，还蹲在水里，用手托着自己的头，聆听着。

灵魂对他说："在我离开你之后，我就转向东方去旅行了。一切来自东方的东西都是很聪明的。我旅行了六天，在第七天的早晨，我来到了一座小山，它位于鞑靼人的国家的土地上。我坐在一棵柽柳的树荫下躲避太阳。天气太干旱了，土地都干裂了，被炎热烤得发烫。人们在平原上来来回回地走着，如同飞蝇在磨光的铜盘子上面爬来爬去似的。

"在正午的时候，从地平线上升起了一团红色沙尘的云雾来。等鞑靼人看见它时，他们就张开了自己的画弓，并跳上他们的小马，朝着那个方向狂奔而去。女人们高声尖叫着跑进大车里，躲着躲藏在毛帘子的后面。

"黄昏的时候鞑靼人回来了，只是他们当中少了五个人，而在回来的人中间也有不少人受了伤。他们把马匹套在大车上，便匆匆

他站在海滩上，背对着月亮。他有着青铜色的四肢和结实的肌肉，看上去像一座希腊人完成的雕像一样……在他的面前横躺着他的影子，那就是他灵魂的身体。

王尔德

地赶着大车上路了。三只胡狼从洞中走出来，在他们的身后注视着。然后它们用鼻子吸了几口空气，就朝相反的方向奔去了。

“等到月亮升起来以后，我看见平原上燃起了篝火，便朝那个方向跑去了。一群商人围着火堆坐在地毯上。他们的骆驼拴在他们身后的桩上，那些做奴隶的黑人们正在沙地上搭好帐篷，并用霸王树筑起了高高的围墙。

“我走近他们的时候，商人中的头人站起身来，抽出他的刀，问我是干什么的。

“我回答说我是我那个国家的王子，我是从鞑靼人那儿跑出来的，因为他们要抓我给他们当奴隶。头人笑了，还指给我看了挂在长竹竿上的五个人头。

“随后他问我谁是上帝的先知，我告诉了他答案。

“听到名字后，他深深地鞠了一个躬，拉起了我的手，叫我坐在了他的身边。一位黑奴用木制的碗盛了一些马奶给我送来，还有一块烤好的小羊肉。

“黎明时分我们又上路了。我骑在一匹红毛骆驼的身上，跟在头人的旁边走着，一个跑腿的人扛着一根长枪跑在我们的前边。当兵的人走在我们的两边，骡子驮着商品跟在后面。这个商队有四十只骆驼，骡子的数量却有两个四十那么多。

“我们从鞑靼人的国土走到了诅咒月亮人的国境中。我们看见鹰头狮身的怪物在白色的岩石上守卫着自己的黄金，有鳞甲的龙在它们的山洞中睡得正香。

“我们翻过群山的时候，连大气都不敢出，生怕惊动了积雪落下来压住我们的身体，每个人的眼睛前都绑了一块纱布。

“我们穿越山谷的时候，小矮人们从他们居住的大树洞中朝我们射箭，夜晚的时候我们听见野人们在击鼓作乐。

“我们爬过猴塔的时候，就把准备好的一些水果放在猴子面前，它们就不会伤害我们了。

“等我们来到蛇塔的时候，我们便用铜碗盛些热牛奶给它们喝，蛇就不会阻拦我们，让我们顺利地通过。

“旅途中我们有三次来到奥克苏姆斯河的岸边。我们坐在扎着胀鼓鼓的棕色皮口袋的木筏上渡过河去。河马怒气冲天地对着我们，像是要把我们通通吃掉似的。骆驼看见它们那凶恶的样子，也都不寒而栗起来。

“每一座城邦的郡主都向我们征收税金，但却不愿让我们进入他们的城门。他们从墙头上给我们扔下面包，还有用精粉做的蜂蜜玉米糕，以及大枣做成的面饼，并用每一百个篮子的食物换我们的一粒琥珀珠子。

“乡村里的居民们一看我们走近了，他们便在水井里放毒药，并逃到山顶上去了，想等着我们都中毒后下山来占有我们的财产。

“我们同马格达人打了仗。他们生得很奇怪，他们那里的人生下来时就是老人，随着时间的推移，会一年比一年长得年轻，等他们长成小孩的时候，就会死去了。

“我们还同拉克特罗伊人打过仗。他们声称自己是老虎的儿子，把自己涂成黄黑两种颜色。

“我们也同奥兰特斯人打过仗。他们会把死者埋葬在树顶上，而自己却住在黑暗的洞中，生怕他们的神即太阳会杀死他们。

“我们跟克里尼安人打了仗。他们很崇拜鳄鱼，平时给它戴上绿色的玻璃耳环，并用牛油和活鸡去喂养它。

“我们与阿加中拜打了仗。他们那里的人都长着狗一样的面孔。

“我们还同长着马脚的希班人打了仗。他们比马跑得更快。

“一次次的战斗中，我们商队有三分之一的人阵亡了，另外三分之一的人因饥饿而死去。剩下的人都低声地抱怨我，说是我给他们带去了厄运。

“我想证明自己，就从一块石头下面捉起一条有角的毒蛇，让它来咬我。他们看见我一点中毒的样子都没有，便害怕起来。

“到了第四个月，我们来到了伊勒尔市，到达城墙外的小树林时已经是夜里了，空气十分沉闷，因为月亮到天蝎宫去旅行了。我们从树上摘下成熟的石榴，切开来喝里面的甜汁，然后躺在地毯上等待天明。

“天一亮我们就起来了，敲响了城门。城门是用红铜制成的，上面刻有海龙和长了翅膀的飞龙。哨兵从城垛上往下张望着，并问我们是干什么的。商队的翻译告诉对方我们带着很多商品从叙利亚岛而来。他们要了我们几个人做人质，并告诉我们到中午时才能打开城门，吩咐我们耐心等待。

“中午时分，他们打开了城门。我们入城的时候，人们一群群地从屋里跑出来看我们。一个召集人到城内各处用海螺通知人们有商队到来。我们站到了集市中，黑奴们打开花布包裹，翻开雕花的枫木箱子。等他们做完了这些事之后，商人们便摆出了各种奇特的物品，有来自埃及的蜡染麻布，有来自埃塞俄比亚的花布，有泰尔城的紫色海绵，有希顿的蓝色帷帘，有冰冷的琥珀杯子，有玻璃精品和奇妙的陶器。一家房屋的顶部有一群女人在看着我们，其中一人戴着一副镀金的皮革面具。

“头一天来与我们交易的是僧侣们，第二天来的是贵族，第三天来的是手艺人和奴隶们。这是他们对待商人的习惯，只要商人们待在城中的话。

“我们在这儿待了一个月。等到月缺的时候，我已觉得好无聊，便到城里的大街上到处去闲荡，来到了本城神社的花园中。身着黄袍的僧侣们静悄悄地穿过绿树丛，在黑色大理石铺就的道路上立着一座玫瑰色的寺院，里面供着他们的神。门是涂过金粉的，上面突出来的是金饰的闪闪发亮的公牛和孔雀。房顶是海绿色瓷瓦铺成的，伸出的屋檐上挂着小铃铛。每当白鸽飞过的时候，它们便用翅膀扑打铃铛，使铃铛叮叮当当地响起来。

“寺院的前面有一个用条纹玛瑙铺砌的净水池。我躺在池子旁边，用我苍白的手指抚摸那些宽大的树叶。其中的一位僧侣朝我走来，站在我的身后。他脚上穿着草鞋，一只是软蛇皮做的，另一只是用鸟的羽毛做的。他的头上戴着一顶黑毡的僧帽，帽上装饰着银制的新月。他的袍子上编织着七道黄色条，他弯曲的头发上抹上了锑粉。

“过了一小会儿，他开口对我说话，问我想要什么。

“我告诉他我的要求就是想见到神。

“‘神去打猎了。’僧侣说着，并用他那对小小的斜眼睛奇怪地看着我。

“我回答说：‘告诉我他在哪一片树林，我要与他一块儿骑马。’

“他又用长长的指甲梳理着袍子边上软软的穗子。‘神在睡觉。’他喃喃地说。

“我又答道：‘告诉我是哪一张床，我要去看护他。’

“‘神在开宴会。’他大声地说。

“我回答说：‘如果酒是甜的，我就要与他共饮；而如果酒是苦的，我也会与他一同饮下去的。’

“他好奇地低下了头，拉着我的手，把我拽了起来，领着我走进了寺院。

“在第一间房子里，我看见一座雕像坐在用东方大珍珠镶边的翠玉宝座上。这尊雕像是用乌木刻成的，跟真人一样大。在它的额头上有一块红宝石，厚厚的油从它的头发上滴下来，落到它的大腿上。它的双脚是用新宰的小羊羔的血染红的，腰间扎着一根铜带。

“我对这位僧侣说：‘这就是神吗？’他回答我：‘这就是神。’

“‘快带我去见神，’我大声吼道，‘否则我一定要杀了你。’我摸了一下他的手，那只手一下子就枯萎了。

“僧侣恳求着我说：‘请我的主人医治他的仆人吧，我要带他去见神了。’

“于是我便吹了一口气在他的手上，他的手又长好了。他把我领进第二间房子，同时浑身不住地颤抖着。在这里，我看见一尊雕像立在用翡翠做成的莲花上面，莲花上面悬挂着好多硕大的绿宝石。这雕像是用象牙雕刻而成的，身材有普通人的两倍那么大。它的前额上是一块黄玉，胸部抹着没药和肉桂末，一只手上拿着一根弯曲的翡翠玉杖，另一只手中握着一块圆圆的水晶。脚上穿着黄铜的靴子，粗壮的脖子上套着一个石膏做的圈子。

“我对这位僧侣说：‘这就是神吗？’他回答说：‘这就是神。’

“‘带我去见神，’我大声吼道，‘否则我一定会杀了你的。’我摸了一下他的眼睛，他一下子就成了瞎子。

“僧侣恳求着我说：‘请我的主人医治他的仆人吧，我就要领他去见神了。’

“于是我吹了一口气在他的眼睛上，他马上又恢复了视力，而且他又浑身颤抖起来，并带着我走进了第三间房子。啊！原来这儿没有雕像，也没有任何品种的塑像，只是有一面圆圆的金属镜子，放在一个石头祭坛上。

“我对僧侣说：‘神在什么地方？’

“他回答说：‘这儿没有神，只有这面你看见的镜子。因为这是智慧之镜，它把天上和地上的一切东西都反映了出来，但只是朝镜子中看的脸是反映不出来的，所以照过了镜子的人会很聪明。有很多其他的镜子，不过那些都是些意见之镜。只有这一面是智慧之镜。那些拥有这面镜子的人们便知道世间的一切，没有什么事可以瞒过他们的，那些没有这面镜子的人就没有智慧。所以，我们把它看成神，我们也就崇拜它了。’

“我于是便朝镜子里看去，它竟然与他所讲的情况一模一样。

“我做了一件奇怪的事，不过我做的事也算不了什么，我把智慧之镜给藏了起来，藏在距离这个地方一天行程的一个山谷里面。我只恳求你让我再进入到你的体内，这样你就会比所有聪明的人都要聪明，智慧也就属于你了。就请让我进入到你的身体中去吧，那么世上就不会有比你更聪明的人了。”

然而年轻的渔夫笑了。“爱情比智慧更好，”他大声叫道，“而且小美人鱼爱我。”

“不，没有什么东西比智慧更好的了。”灵魂说。

“还是爱更好。”年轻的渔夫回答说，说完便沉到海底下去了。灵魂又哭泣着穿过沼泽地走了。

第二个年头过去了，灵魂又一次来到了海滩上，呼唤着年轻的渔夫。渔夫便从水中冒出来开口问道：“你为什么唤我呢？”

灵魂回答说：“走近一点儿，我好对你讲话，因为我看见好多奇妙的东西。”

于是渔夫走近了一些，并蹲在浅水里，用手托着自己的头，聆听着。

灵魂对他说：“我离开你以后，我就转身向南去旅行了。一切来自南方的东西都是珍贵的。我沿着公路朝着爱西特市走了整整六天，那是一条连香客们都不愿走的红色尘土飞扬的公路，到了第七天，我抬头望去，啊！城市就横躺在我的脚下，因为它就位于山谷里。

“入城的大门有九个之多，每一个城门前都立着一匹青铜马，每当伯都因人从山上下来的时候，九匹马便齐声长啸。

“城墙上都裹着铜皮，哨塔的屋顶也是用黄铜做成的。每一个塔前都站着一位手握弓箭的射手。日出的时候他用一支箭敲响铜锣；日落的时候，他就会吹响号角。

“我正准备进城时，守卫拦住了我，问我是什么人。我的话使他们充满了好奇，就让我进去了。

“城里面简直就是一个大集市。你真该后悔没有跟我一块儿去那儿的。

“在那些狭窄的街道上，无数只精彩的纸灯笼像大彩蝶似的在翩翩起舞。风吹过屋顶的时候，这些灯笼一起一伏的，好像一些多彩的肥皂泡。

“商人们都坐在自己货摊前的丝毯上面。他们长着直挺挺的黑胡须，他们头帕上饰满了金币，长串的琥珀和雕花桃核在他们凉冰冰的手指上滑动着。他们中有的卖枫脂香和甘松油，也有的出售来自印度洋各岛屿的奇妙香水，还有浓重的红玫瑰油，以及没药和小钉子形状的丁香。

“琳琅满目的商品让人眼花缭乱。一旦有人走上去与他们说话，他们便一把一把地将乳香投入炭火盆中，使空气一下子香气袭人。

“我看见一个叙利亚人手里握着一根芦苇似的细棍棒，缕缕灰烟从棒子上升起，棒燃着的时候发出的气味与春天中粉色扁桃花的气味是一样的。

“另一些人在出售一些上面嵌满了乳蓝色土耳其宝石的银手镯和用铜丝串起小珍珠制成的脚环，以及金制的老虎爪、镀金的猫脚爪，豹子也配上了金制的座架，还有穿了眼的绿宝石耳环，以及那种中空的翡翠戒指。

“从茶馆里传来了欢快的吉他的音乐声，那些抽鸦片烟的人带着他们梦幻般的苍白的笑容望着行人。

“说真的你应该跟我一起去的。你会在那里看到卖酒的人肩上扛着黑色的大皮包，用皮包后部在人群中挤出一条通道。他们中的大部分人都卖一种叫西拉兹的酒，它就跟蜜糖一样甜。他们用金属小杯子装上酒出售，并把玫瑰花瓣撒在上面。

“在市场上站在那里吆喝着卖水果的人，他们出售各种水果，有熟透的无花果，带着受伤的紫色鲜肉，还有如同膨香味一样的甜瓜，那颜色像黄玉一样黄，以及香橼、番石榴和一粒一粒的白葡萄，圆圆的金红色橘子和椭圆形的金绿色柠檬。

“有一次我看见一头大象走过，它的身上涂着银朱和姜黄，耳朵上网着一个用朱红丝做的网子。大象来到对面的一个货摊前站住了，它不慌不忙地吃起橘子来，那个卖水果的人没有赶它走，只是笑了笑。

“你想不到他们是多么奇怪的一个民族。他们只要高兴，就会到卖鸟人那儿去买一只关着一只小鸟的笼子，并把笼子打开让鸟飞走，这样他们会更加开心。等到他们伤心的时候，他们便用荆棘抽打他们自己，以使他们的忧愁越来越大。

“一天夜里，我遇见了一些黑奴抬着一顶沉甸甸的轿子从集市中走过。轿子是用镀金的竹片做成的，轿杆是朱红色的，还有黄铜做的孔雀装饰。轿窗上挂着薄薄的纱幔，上面绣着甲虫的翅膀和小粒珍珠。

“当轿子走过我身边的时候，一个脸色苍白的塞加西亚人从轿子里往外望着，微笑着注视我。我跟在轿子后面，黑奴们加快了步伐并皱紧眉头。不过我一点也不在意，我觉得有一股好奇心在驱使着我。

“最后他们在一栋四方形的白房子前停了下来。房子没有窗户，只有一个像墓门一样的小门。

“他们放下轿子，用一个铜锤连敲了三下门。一个身穿绿色皮长袍的亚美尼亚人从门洞里朝外张望着，等他看见我们后就打开了门，还铺了一张地毯在地上，轿中的女人走了出来。在她进屋的时候，她又转过头来，再一次望着我笑了。我还从未见过像她这么苍白的人。

“当月亮升起来的时候，我又回到了那个地方去寻找那所房子，可是怎么也找不到了。

“看到这种情况，我便知道那女人是谁了，而且她为什么要对我笑了。

“你真该跟我一起去的。在新月节那天，年轻的皇帝从他的宫中走出来，前呼后拥到庙里去祈祷。他的头发和胡须都用玫瑰花瓣给染红了，脸颊上抹了一层细细的金粉，手掌和脚心都染成了黄色。

“太阳升起的时候，他身着银袍从宫中走了出来；日落的时候，他又穿着金袍回到宫中。人们都趴在地上把脸藏起来，可我不会那样做。我站在一个卖枣子的摊位前，等待着他们经过。

“当皇帝看见我时，他便抬起他那画过的眉毛，停住了脚步。我静静地站在那儿，并不向他跪拜。人们对我的大胆吃惊不小，都劝我快从城中逃走。

“我不理睬他们的建议，却走到那些出售外来神祇的贩子们中间，与他们坐在一起。这些人不论如何在这儿都是遭人憎恨的。等我把自己所做的一切告诉给他们之后，他们人人都绘了一个我的神像，并请我离开他们。

“那天夜里，我躺在石榴街茶馆里的一个垫子上面，皇帝的卫兵走了进来，把我带进了宫中。进了宫以后，他们把每一扇门都关上了，还加上了门锁。

“里面有一个大院子，四周环绕着一个拱廊。四周的墙都是用白色的雪花石膏做成的，到处都嵌有蓝色和绿色的瓷瓦。柱子是绿色大理石做的，地上铺着一种桃花色的大理石。我以前从没有见过像这样漂亮的东西。

“我跨过院子的时候，两个戴面纱的女人从阳台上往下望着，还开口骂我，我不加理睬。

“守卫急匆匆地走着，他们手中的矛尖在磨光的地板上发出响声。他们打开一道精致的象牙门，我发现自己已经来到有七个水坛子的花园中了。

“这个花园里种着郁金香、牛眼菊、银光闪闪的芦荟等。一股喷泉在昏暗的空中悬挂着，像是一根细长的水晶棒。柏树就像燃烧完了的火把。一棵柏树上有只夜莺在唱着歌。

“在花园的尽头有一个小亭子。我们走近它的时候，两个太监出来迎住我们。他们走起路来很有意思，肥胖的身躯左右摇摆着，像在跳舞。他们还用那黄色眼皮的眼睛好奇地打量着我。其中的一人把卫士长拉到一边，向对方耳语着什么。另一个不停地拿出香锭放在嘴里嚼起来，这些香锭都是他以做作的姿势从一个淡紫色的椭圆形的盒子中取出的。

“片刻之后，卫士长把卫兵们遣散了。他们回到宫中去了，两个太监跟在他们后面慢慢地走着，一边走一边从树上摘下甜甜的桑果吃。那位年长的太监曾回过头来，带着恶意的笑容望着我。

“然后卫士长示意我走到亭子中去。我毫不胆怯地向前走去，拉开那幅沉重的帘子，昂首阔步地走进去了。

“走进去发现，那位年轻皇帝正躺在上了色的狮皮长椅上休息着，他的手腕上栖息着一只白隼。他的身后站着一个头戴铜帽的牛比亚黑人，赤裸着上半身，两只穿了眼的耳朵上垂着一副沉甸甸的耳环。长椅旁边的桌子上放着一把弯曲的大钢刀。

“皇帝一看见我，便皱起了眉头，对我说道：‘你叫什么名字？见了我为什么不跪拜，难道你不知道我就是这个城市的皇帝吗？’不过我并没有回答他。

“他用手指头指了指钢刀，那个牛比亚黑人一下子抓住刀，冲着我用足了力气砍过来。

“刀片嗖地穿透了我的身体，可是并没有伤到我分毫。而那个人却因为用力过猛，把自己给闪着了，一下子扑倒在地上。

等他站起身时，因为害怕而牙齿直打战，他自己也躺到长椅后面去了。

“皇帝一看那个黑人不行，自己马上跳了起来，从武器架上取下一根长矛，朝我投了过来。我一把抓住了飞过来的长矛，并把矛杆折成两段。

“他又用箭来射我，可是我举起了双手，箭在飞行途中就停住了。

“紧接着，他从白皮腰带中抽出一把短剑，刺入牛比亚黑人的咽喉，他担心这个奴隶会讲出他那些不体面的事情。可怜那个人像一条给人践踏了的蛇一样扭曲起来，嘴里也流出了鲜红的泡沫。

“那个人一死，皇帝就转向我，用一方镶了花边的紫色绸料小手绢揩去额上亮闪闪的汗珠，对我说道：‘你是先知吗？是我不该伤害的，或者是一个我不能伤害的先知的儿子吗？我恳求你今晚就离开我的城市吧，因为只要你还在城中，我就不再是这里的主人了。’

“我回答他说：‘给我一半你的财产，我就走。’

“他牵着我的手，把我领到花园中。

“皇宫里的卫士长看见了我，他吃了一惊。太监们看见了我，他们的膝头颤抖不已，吓得纷纷跪在了地上。

“宫中有一间屋子，四面都是用红云斑石修筑的围墙，铜皮装饰的天花板上悬吊着一些灯。皇帝触摸了一面墙，墙就自动打开了。

“我们走进了里面的一个长廊，廊里点了好多火炬。在长廊两旁的壁龛中，放着很多巨大的酒缸，里面装得满满的，都是银币。

“我们来到了长廊的中央，皇帝说了一句平日听不到他说的什么话，一道装有秘密弹簧的花岗岩石大门一下子就弹开了。他用手挡住他的脸，以免他的眼睛给弄得发花。

“你做梦也想不到这是个多么奇妙的地方。

“在一个巨大的乌龟壳里装满了珍珠，那个巨型月亮石的凹陷部分里堆满了红色宝石。

“那么多的黄金都收藏在象皮箱中，金粉就放在皮制的瓶中。

“还有名贵的猫眼石和青玉，猫眼石放在水晶杯中，青玉放在翡翠杯中。

“圆圆的绿柱宝石整整齐齐地排列在细薄的象牙碟子上面，在一个角落里堆满了丝绸袋子，一些袋子中装的是绿松石，另一些袋子中装的是绿玉。

“象牙做的角杯中盛满了紫莹莹的玉英石，黄铜角杯中装满了好看的白玉髓和红玉髓。

“杉木做的梁柱上挂着一串串的黄色山猫石。

“在平坦的扁圆形盾牌上堆放着红玉，它们的颜色既像葡萄酒的颜色又像是青草的色彩。然而我对你说的这些仅仅是那儿的十分之一罢了。

“等皇帝把他自己的手从脸上拿开时，他对我说：‘这就是我的财宝屋，这里面的东西有一半是你的了，照我刚才答应你那样的去做吧。我还会送你骆驼和赶骆驼的人，他们会照你的吩咐去做，把你那一份财宝带到你想去的世界上的任何地方。这件事今天晚上就得办，因为我不愿让太阳——我的父亲，看见在我的城市里竟会有一个我杀不死的人。’

“不过我对他说：‘这儿的黄金都是你的，白银也是你的，珍贵的珠宝和值钱的东西全都是你的，我一点儿也不会带走。对我来说，我不需要这些东西。放心好了，我绝对不会向你要任何东西的，不过戴在你手指上的那个小戒指我倒想要。’

“听了我的要求之后，皇帝皱起了眉头：‘这只是个普普通通的铅戒指呀，’他大声说，‘也不值什么钱。还是我给你的东西好，所以赶快带上你那一半财宝，离开我的城市吧。’

“‘不，’我回答说，‘那些金银财宝什么的我都不要，只想要那个铅戒指，因为我知道那里面写着什么，也知道它有什么用处。’

“皇帝听了我的话就颤抖起来，向我哀求说：‘那么你把全部的财宝都拿去好了，快离开我的城市吧。我的那一半财富也全归你了。’

“不过我做了一件奇怪的事，但那也算不了什么，就在那个山洞，我把这个财富指环给藏了起来，它离这儿有一整天的路程。也就只是一天的路程，那指环正等着你的到来。

“你要清楚呀，谁要是占有了这个指环，他会比世界上所有的国王都富有。

“跟我去吧，把它拿到手，全世界的财富就都归你了。”

然而年轻的渔夫却笑了。“我认为爱情比财富更重要，”他大声喊道，“而且小美人鱼非常爱我。”

“不，没有什么比财富更重要的了。”灵魂说。

“爱情更好。”年轻的渔夫回答道，说完他又一头扎进海底深处，灵魂只好哭泣着穿过沼泽走了。

第三个年头转眼又过去了，灵魂又从陆上风尘仆仆地赶到了海边，呼唤着年轻的渔夫，于是渔夫从水中冒出来，说道：“你唤我是为了什么？”

灵魂回答说：“请你走近一点，这样我好对你说话，因为我看见了很多奇妙的事情。”

因此渔夫走近了，并蹲在浅水中，用手托着自己的头，聆听着。

灵魂开口说道：“在一座我知道的城市中，有一家小旅店就位于一条河边。我跟水手们坐在那儿，他们饮着两种不同颜色的葡萄酒，吃着大麦做的面包，还有用月桂树叶包着的小咸鱼。

“就在我们坐着边吃边逗乐的时候，走进来一个上了年纪的人，他的肩上披着一条皮制的毯子，还拿着一把嵌有两个琥珀角的琴。

“当他找了个合适的地方，把毯子平整地铺在地板上，用弦拨弹响他那把琴的时候，一个面戴细纱罩的少女跑了进来，并在我们面前跳起舞来。

“虽然这位少女戴了面纱，可是她的双脚是光着的。她赤着双脚，在毯子上跳来跳去，好像一个跳舞的精灵。那个城市离这儿只有一天的路程。”

此刻，年轻的渔夫听到了灵魂的这番话后，他想起了他心爱的小美人鱼因为没有脚，不能跟他跳舞的情形。

于是渔夫的心中生起了极大的欲望，他对自己说：“只不过一天的路程，我很快就可以回到我爱人的身边的。”他笑了，便从浅水中站起身来，大步朝岸上走去。

来到干干的岸上后，想到他就能办一件让小美人鱼意想不到的好事情时，他又一次笑了，并向灵魂伸出双臂。

他的灵魂也无比欣喜地大叫一声就朝他奔了过来，进入到他的体内，这时年轻的渔夫便看见在他面前伸展的沙地上出现了他自己的影子，那就是他灵魂的身体。

他的灵魂对他说：“我们不要耽误时间了，现在立即到那儿去吧，因为海神们会妒忌你的，而且还有好多怪物也听他们的。”

于是他们匆匆上路了，整个夜晚他们都在月色下赶路，第二天白昼他们又顶着烈日前进，当天晚上他们来到了城市。

年轻的渔夫对他的灵魂说：“这就是你对我说过的那座她跳舞

的城市吗？”

他的灵魂回答说：“不是这座城市，是另外一座。不过我们可以在这个城市里转转看看。”

于是他们进了城，穿过一些街道，他们路经珠宝街的时候，年轻的渔夫看见在一个货摊上放着一只美丽的银杯子，他很喜欢。

他的灵魂对他说：“拿走那个银杯子，赶快把它藏起来。”

他便拿起那只银杯子把它藏在了长袍的褶缝中，他们赶快出城走了。

他们离开城市走了三英里之后，年轻的渔夫皱起了眉头，并把银杯子给扔掉了，对他的灵魂说：“你为什么要叫我拿这只杯子，并且要藏起来呢？这可是一件坏事呀！”

然而他的灵魂回答他说：“不要生气，不要生气。”

第二天晚上，他们又到达了一座城市。年轻的渔夫对他的灵魂说：“这就是你对我说过的她跳舞的那座城市吗？”

他的灵魂回答他说：“这不是那座城市，而是另外一座。不过我们得进去看看。”

于是，他们便进了城，穿过了好几条街。他们走过草鞋街的时候，年轻的渔夫看见一个小孩正站在一个水缸边。他的灵魂对他说：“去狠狠地打那个孩子。”于是他动手打了那个小孩，把小孩都打哭了，过后他们又赶紧匆匆地离开了城市。

他们离开城市走了三英里后，年轻的渔夫突然生起气来，对他的灵魂说："你为什么叫我打那个可爱的小孩，这可是一件坏事呀。"

然而他的灵魂回答说："不要生气，不要生气。"

第三天晚上，他们来到了另一座城市。年轻的渔夫对他的灵魂说："这就是你对我说过的那座她跳舞的城市吗？"

他的灵魂回答他说："大概就是这座城市吧，我想我们还是先进去看看吧。"

他们便进了城，穿过了好几条街，不过年轻的渔夫怎么也找不到那间位于河边的小旅店。城市里的人都好奇地望着他，他开始害怕起来，并对他的灵魂说："我们还是走吧，因为那个光着脚跳舞的人不在这儿。"

可是他的灵魂回答说："不，我们还是留下来吧，因为夜里太黑，途中会遇上强盗的。"

无奈，他便在市场上坐下来休息了。

过了一会儿，在他身边走过一个戴头巾的商人，那位商人戴着一个鞑靼人的布织斗篷，在有节的芦苇秆头上还绑着一个牛角灯笼。

那位商人对年轻的渔夫说："天色这么晚了，你为什么还坐在市场上呢，你没有看见货摊都关门了，东西都打好包了吗？"

年轻的渔夫回答他说："我在这座城里找不到想住的那间小旅店，在这座城市里我又没有亲戚可以投奔过夜。"

“我们不都是亲戚吗？”商人说，“不都是由一个上帝创造出来的吗？所以你就跟我来吧，我那里有一间客房。”

因此年轻的渔夫站起身来，跟着商人到他的家里去了。

等他穿过一个石榴园走进屋中时，商人便用铜盘为他端来了玫瑰花水，让他洗干净手，还送来熟透的甜瓜让他解渴，以及一碗米饭和一块烤羔羊肉让他充饥。

等渔夫吃饱喝足了以后，商人就领他来到了客房，并叮嘱他好好休息。

年轻的渔夫谢过了他，并吻了商人手指上戴的戒指，随后就躺在了染了色的山羊毛毯上面。他用一床黑色的羊羔毛被子盖好身体以后，就呼呼地入睡了。

离天亮还有三个小时，天依旧是黑乎乎的时候，他的灵魂便唤醒了他，并对他说：“快起来，到商人的房间里去，到他睡觉的房间里去，把他杀死，拿走他的金子，因为我们需要它。”

年轻的渔夫起了床，朝商人的房间里爬去，商人已经睡熟了。在商人的脚边放着一把弯刀，在商人身边的那个盘子里装着九个黄金小包。

渔夫伸出手去拿那把弯刀。就在他的手刚刚挨到刀时，商人一下子惊醒了，他跳起来紧紧握住弯刀，朝着年轻的渔夫大声吼道：“难道你要以怨报德吗？你要用流淌的鲜血来回报我对你的善举吗？”

这时他的灵魂对年轻的渔夫说："去打他。"于是他就把商人给打晕了过去，然后抓起九包金子，匆匆地穿过石榴园逃走了，朝着启明星的方向出发了。

他们离开城市三英里之后，年轻的渔夫捶打着自己的胸膛，对他的灵魂说："你为什么要我杀了那个对我热情友好的商人，还抢走他的黄金？你真是太坏了。"

然而他的灵魂却回答说："不要生气，不要生气。"

"不，"年轻的渔夫大声喊道，"我真的是很愤怒了，因为你要我做的一切事情都是我所憎恶的。你也让我恨我自己，我要你告诉我为何要叫我做这种事情。"

他的灵魂回答说："过去你把我送到世界上去的时候，你并没有给我一颗心，所以我学会了去做这一切事情，而且也喜欢这样。"

"你在说什么？"年轻的渔夫喃喃地说。

"你是知道的，"他的灵魂回答说，"你知道得很清楚。你难道忘记了你没有送给我一颗心吗？所以不要自寻烦恼，也不要为我担心。请放心吧，因为世上没有消除不掉的痛苦，也没有享受不到的快乐。"

年轻的渔夫听到这些话后，他浑身颤抖起来，对他的灵魂说："不，你是很坏的，并用多种诱惑来引诱我，使我的双脚踏上了罪恶之路，甚至使我忘记了我的爱人。"

他的灵魂回答他说:“你过去把我送到世界上去的时候，你并没有给我一颗心啊，所以我学会了去做这一切事并喜欢做这些事。来吧，让我们到另外一座城市去，去寻乐子吧，因为我们已经有了九包黄金。”

然而年轻的渔夫拿出那九包黄金后，就一下子扔在了地上，并用脚猛踩着。

“不！”渔夫大声吼道，“我和你之间没有任何关系了，我再也不会听你的话，跟你到什么地方去了，就跟我从前送走你那样，我现在也要那样赶你走了，因为你对我没有任何好处。”说完他转过身去，背朝着月亮，用那把绿色蛇皮刀柄的小刀，准备把他自己身体的影子，也就是他的灵魂之躯从他双脚的四周切开。

然而他的灵魂连动都不动一下，他根本不想离开年轻的渔夫，也不理睬他的命令，还对他说:“那个女巫教给你的魔法已经不再管用了，因为我不可能离开你，你也不可能把我赶走了。一个人一生中只能把他的灵魂送走一次，但是他一旦把自己的灵魂收了回来，就得永远地留住它了，这既是对他的惩罚，也是给他的回报。”

年轻的渔夫脸色开始发白，握紧自己的拳头，大声叫着:“这个可恶的女巫，她没有告诉我这一点，她欺骗了我！”

“不，”他的灵魂回答说，“不过她对她自己崇拜的那个‘他’可动了真心的，她要做他永远的仆人。”

年轻的渔夫此刻已经明白了，他再也不能够赶走他的灵魂，况且这是一个邪恶的灵魂，以后的日子里还要永远与他为伍，想到以后漫长难熬的日子，他一下子倒在地上伤心地哭了起来。

天明之后，年轻的渔夫站起身来，对他的灵魂说：“我要绑住我的双手，免得我会照你的吩咐去做。我还要闭紧嘴巴，免得我说出你想让我说的话。我要回到我所爱的人居住的地方去。

“我甚至要回到海里去，回到她过去经常唱歌的那个小海湾去。我要唤她上来，告诉她我这些日子以来所做过的坏事，以及你对我做过的那些坏事。”

他的灵魂诱惑着他，说：“谁是你的爱人呢？让你非回到她那儿去不可？世上有很多比她漂亮的美人。

“萨马里斯的舞女们可以学各种鸟兽的姿态跳舞。她们的脚指甲用凤仙花染成了红色，她们手中握着好多小铜铃。

“她们一边跳一边笑，她们的笑容跟清溪一样明净。

“还是乖乖跟我走吧，我会带你去见她们的。

“你为那些干过的罪恶的事操那份心是为了什么呢？难道那些美味可口的东西不是做来给人吃的吗？难道喝起来甘甜的东西里面放进了毒药吗？不要自寻烦恼了，跟我到另一个城市去吧。

“离这儿不远处就有一座小城市，里面有一个百合树的花园。在这个可爱的花园中住着一些白孔雀和有着蓝色胸脯的孔雀。当它们的尾巴向着太阳展开的时候，就像象牙圆盘和镀金圆盘一样。

“那些给它们喂食的女人还为它们跳舞取乐，有时候她用手跳舞，有时候用脚跳。她的双眼染成了锑色，她的鼻孔长得像燕子的翅膀。在一个鼻孔中用小钩子挂着一朵用珍珠刻成的花儿。她跳着舞，脚踝上的一对银锈子发出像银铃似的响声，舞姿美极了。所以不要再自寻烦恼了，高高兴兴地跟着我到这座城市去吧。”

可是年轻的渔夫没有回答他的灵魂，而是用沉默的封条封住自己的嘴巴，还用绳子紧紧绑着自己的双手，起身默默朝着他出来的地方、他的爱人过去常常唱歌的那个小海湾走去。

尽管他那不甘心的灵魂一路上不停地用各种诱惑引诱他，可是他从未开口答复，他也不愿去做他的灵魂要他做的任何坏事。他内心爱情的力量真是太大了。

他终于走到了蔚蓝色的大海边，他才把手上的绳子解开，将沉默的封条从嘴上撕去，深情地呼唤着他的小美人鱼。

然而她并没有游过来见他，他呼唤了整整一天，恳求着她，结果却还是看不见她。

他的灵魂嘲笑着他，说：“你一定是没有从你的爱人那儿得到多少欢乐。你就像是大旱天里往漏船上倒水的人。你把你的一切毫无保留地都奉献了出去，却没有得到丝毫的回报。你最好还是跟着我，因为我知道欢乐谷在什么地方，还有那儿有什么东西。”

不过，喊了一天已经十分疲惫的年轻的渔夫并没有回答他的灵魂，他在岩石的裂缝中用树条为自己编造了一个房子，在那儿住了一年。

每天清晨他都呼唤着美人鱼，每天中午他又呼唤她的名字，到了晚上他仍唤着她来。

然而她再也没有从海中出来会他，他也不能够在大海的任何地方找到她，虽然他已在洞穴中，在碧水下，在海潮的漩涡里，或者在海底深处的井中，到处都去寻找过，但始终不见她的身影。

尽管他的灵魂不停地用邪恶来引诱他，还对他悄悄地说着些可怕的事情，但是这些都没有能够阻止他，他的爱情的力量真是太大了。

一年的时间过去了，灵魂在他的体内暗想："我已经用邪恶引诱了我的主人，可是他的爱比我强大。现在我要用善来引诱他，他也许会跟着我走的。"

于是他对年轻的渔夫说道："我给你讲过世界上许许多多欢乐的事情，而你不喜欢听我的。现在我只好告诉你世间的痛苦了，这也许是你现在最想听的。

"说实话，其实痛苦才是这个世界的主人，没有一个人可以从它的网中逃出去。

"有些人缺少的是衣服，另一些人缺少的是面包。有穿着紫袍的寡妇，也有穿着破衣的寡妇。

"在沼泽地上走来走去的是麻风病人，虽然他们都应该同病相怜，可事实上他们相互之间并不友善，甚至都非常残酷。乞丐们在公路上来来往往，他们的口袋中空空如也。在各个城市的街道上行走着的是饥荒，饿死人的事情随时发生着。

“你看你的爱人已经不像原来那样热情地回应你的呼唤了，那么你为什么还要停留在这儿继续徒劳地呼唤你的爱人呢？爱到底是什么，你竟然执迷不悟地要付出如此高的代价？”

然而年轻的渔夫并不回答，他的爱情的力量太大了。

每天清晨他都要呼唤美人鱼，每天中午又要去呼唤她，夜里还要唤着她的名字，一天三次，从不间断。

可是美人鱼却从没有从海里出来会他，他也没有能够在海洋的任何地方找到她，尽管他去海中的河流上寻她，在波浪下的谷里觅她，甚至在被黑夜染成紫色的海洋上，以及被黎明抹成灰色的海洋中，都不能找到她的影子。

第二年又过去了。一天晚上，正当年轻的渔夫孤单单地坐在树条造的房子中时，灵魂便对他说：“喂！过去我是用善来引诱你，我也曾用恶来引诱你，而你的爱情比我更强大，我发现自己无能为力。因此，我不会再引诱你了，不过我恳求你让我进入到你的心中，这样我就会跟从前一样与你待在一起了。”

“你当然可以进来，”年轻的渔夫说，“因为在你没有心而去世界上流浪的那些日子里，你一定吃了不少苦头。”

“哎呀！”他的灵魂叫了起来，“我找不到什么地方可以进去呀，你的这颗心被爱缠得太紧了。”

“可我倒希望我能够帮助你。”年轻的渔夫说。

就在他说这句话的时候，从海洋中传来了好大一声哀叫，它跟美人鱼家族中谁死的时候人们听到的那种声音一模一样。

年轻的渔夫一下子跳了起来，离开了他的树条屋，朝海滩快速跑去。

黑色的波浪急匆匆地朝岸边扑打过来，波浪载着一个比银子更白的东西。它跟浪头一样白，漂在波涛上面，活像是一朵鲜花。浪头把它从波涛中抢走，泡沫又把它从浪头手中夺去，最后是海岸接受了它，于是在年轻渔夫的脚下，他看见了小美人鱼的身体。她躺在他的脚下死去了。

年轻的渔夫看到死去的小美人鱼，悲痛万分。他的泪水如泉涌了出来，一下子扑倒在了她的身边，他吻着她那冰冷的红嘴唇，抚弄着她头发上打湿了的琥珀。他扑倒在沙滩上，躺在她的身边，哭得浑身剧烈地颤抖着，他用自己褐色的双臂把她紧紧地拥在怀中。她的嘴唇是冰冷的，但他依旧吻着它。她头发上的蜜是咸的，可他仍然带着痛苦的快乐去品尝它。他吻着她那双紧闭的眼皮，她眼角上挂着的浪花还没有他的眼泪咸。

他对着美人鱼忏悔起来。他把自己要倾诉的苦难经历都倾倒进了她的耳朵里了。他把她的两只小手挽在自己的脖子上，并用他的手指头去抚摸她那细细的咽喉。他此时的快乐变得越来越痛苦了，而痛苦中又充满了奇妙的快感。

黑色的海水愈来愈近了，白色的泡沫像麻风病人一样地哀叫着。海洋用它那白色的泡沫来抢夺海岸。从海王的宫廷中又传来了哀苦的叫声，在遥远的大海上半人半鱼的海神们用号角吹出他们那嘶哑的声音。

“快逃走吧，”他的灵魂说，“因为海水越来越近了，如果你还待着不走的话，它们会杀死你的。

“快逃走吧，因为我好害怕，我知道你的心对我关闭着，原因是你的爱太大了。

“快逃到一个安全的地方去吧。如果你一定不会送给我一颗心的话，就把我送到另一个世界上去吧。”

然而年轻的渔夫并没有听从他的灵魂的话，他只是不停地呼唤着小美人鱼，并说道：“爱情比智慧更好，比财富更宝贵，比女人的脚更漂亮。烈火烧毁不了它，海水淹没不了它。

“我在黎明时唤过你，可你没有回答我。月亮都听见了你的名字，可你还是不理睬我。

“因为我离开你是千错万错，我这一走反而害了我自己。但是你的爱始终伴随着我左右，它永远都是强大的，没有什么可以阻止得了它，不论我面对的是恶也好，是善也罢。现在你已经死了，因此我一定要跟你一起去死。”

他的灵魂又恳求他离开，但是他不肯，他的爱太深了。海水越来越近了，它要用它的波涛把他盖住。此刻他知道死期已近，便疯狂地吻着美人鱼冰冷的嘴唇，他的那颗心呀都碎了。

就在他的心充满了太多的爱而破碎的时候，灵魂找到一个入口就进去了，就跟从前那样与他合为一体了。海水终于用它的波涛淹没了这位年轻的渔夫。

早晨，神甫去向大海祝福，因为海水闹腾得太厉害了。与神甫一起去的有僧侣和乐师，以及手持蜡烛的人，摇着香炉的人，还有好大一群人。

等神甫来到海滩上时，他一下就看见年轻的渔夫躺在浪头上淹死了，在他的胳膊中还紧紧地抱着小美人鱼的尸体。

神甫皱紧眉头往后退去，在胸前画了个十字符号后，他便大声喊着说："我不会祝福大海和海里的任何东西了。美人鱼家族是该受到诅咒的，也该诅咒那些与他们来往的人。至于他呢，他为了爱情而抛弃了上帝，所以躺在这个被上帝裁判而给杀死的情妇的身边。抬走他的尸体和他情妇的尸体，把他们埋在漂洗场地的角落里，上面不放任何标志，也不要做任何记号，这样就不会有人知道他们安息在什么地方。因为他们生前是该诅咒的，他们死后也是该诅咒的。"

人们按照他的吩咐去做了，在漂洗场地的角落里，那儿没有长一棵香草，他们就在地上挖了个深坑，把渔夫和美人鱼放了进去。

第三年又过去了，在一个神圣的日子里，神甫来到了礼拜堂上，他要把上帝的伤痕显示给人们看，他还要给他们讲上帝的仇恨。

等他忙碌一番给自己穿好了法衣后，他就进了礼拜堂，在祭坛上行礼，这时他看见祭坛上放满了他以前从未见过的奇异的鲜花。

这些花看上去很奇怪，却又是异样的美丽，花儿的美使他难受，它们的气味在他的鼻孔中闻着很香。他觉得开心起来，却不知道为什么开心起来。

随后他打开了神龛，在里面的圣饼台上烧了香，把美丽的圣饼拿给人们看，然后又把它藏在帐幔后面。他开始对人们说话，还想向人们讲述上帝的愤怒。但是那些白花的美使他心烦意乱，花儿的气味在鼻子里闻起来好香，而另外一句话走进了他的嘴唇，他讲述的不是上帝的愤怒，却是那个叫做“爱”的上帝。

他为什么要这么说，他自己也不知道。

神甫说完的时候，人们就哭了。神甫回到了寺院中放圣器的地方，眼里充满了泪水。

执事们走了进来，为他脱去法衣，给他脱下白麻布法服，以及腰带、饰带和丝带。他站在那儿就跟在梦境中似的。

等他们为他宽衣解带之后，他看着他们，开口说道：“坛上放的是什么花？它们是从哪儿来的？”

他们回答他说：“我们也说不出它们是些什么花，可它们来自漂洗场地的那个角落。”

神甫浑身发抖，并回到自己的住处，开始祷告起来。

早上，天刚蒙蒙亮的时候，他同僧侣、乐师们和手持蜡烛的人、摇香炉的人以及一大群人来到大海边，向大海祝福，也向海中一切野生的东西祝福。

他还祝福了牧神，以及在森林中跳舞的小东西们，还有那些从树叶中朝外偷窥的亮眼睛的东西们。他对上帝创造的世间一切东西都祝了福，人们充满了快乐和惊奇。

不过从此以后漂洗场地的角落里再也没有长出任何种类的鲜花了，那儿变得跟从前一样荒凉了。

美人鱼家族再也不像往常那样游进这个海湾里来了，因为他们到大海的其他地方去生活了。

骄傲的火箭

这个故事里的火箭是一种燃放后会高高飞上天空的烟花。王子和公主的婚礼庆典上要燃放一大堆烟花，其中有一支特别骄傲的火箭。

这支火箭有多骄傲？他觉得国王的儿子很幸运，因为王子结婚的日子正好是他要升天燃放的时候。

这支火箭有多傲慢？他在每次讲话前都要“啊咳！啊咳”地咳好几次，提醒大家肃静，然后再像个重要人物似的发言。

这支火箭有多做作？每当有人走来，他就认为是代表团（其实是清理工人和两个烧水的小孩）来邀请他去出席庆典，便可笑地摆出一副威严的样子，庄重地皱着眉头。

这支火箭有多自恋？别人喊他“破旧火箭”，他说是喊他“大火箭”；别人喊他“旧木棍”，他认为是“金木棍”。

这真是一支骄傲的火箭！

夜莺与玫瑰

国王的儿子就要结婚了，这可是这个国家最重要的事情之一，到时准备举国上下进行隆重的庆典，人们都紧张而忙碌地准备着。

王子为自己心爱的新娘已经苦苦等了整整一年，今天，她终于穿着美丽的嫁衣来到这个国度，来到王子的宫殿了。

她是一位俄国公主，坐着由六只驯鹿拉的雪橇从芬兰一路赶来的。

雪橇看上去像一只巨大的金色天鹅，公主就安卧在天鹅的两只翅膀之间。

公主穿的那件长长的貂皮大衣一直垂到她的脚跟，她的头上戴着一顶小巧的银线帽子，她的肤色苍白得就如同她一直居住的雪宫的颜色。

公主的脸色是如此的苍白，在她驶过街道的时候，沿街的人们都惊讶地感叹道：

“她就像一朵洁白的玫瑰花！”于是大家纷纷从阳台上朝她抛下鲜花。

在城堡的门口，英俊的王子正等着美丽公主的到来。

王子有着一双梦幻般的紫色眼睛和一头金黄色的头发。一看见她来了，他就激动地跪下一条腿，吻了她的手。

“你的照片好漂亮，”他轻声地对公主说，“不过你本人比照片看上去更漂亮。”

羞涩的小公主听了这句话，原来苍白的脸一下子就红了。

“她先前像一朵白玫瑰，”一位年轻的侍卫对身边的人说，“可此刻像一朵红玫瑰了。”

整个宫里的人看到美丽的公主都快乐无比。

这以后的三天中人人都说着：“白玫瑰，红玫瑰；红玫瑰，白玫瑰。”于是国王下令给那个侍卫的薪金增加一倍。

不过，原本就没有给他发放过什么薪水，因此这道加薪的命令对他没有任何作用。

然而这被视为一种莫大的荣誉，并按照惯例在宫廷报纸上刊登出来。

三天过后，王子和公主要隆重举行婚礼庆典。

这是一次盛大的仪式，新郎和新娘在一幅绣着小珍珠的紫色鹅绒华盖下，手牵着手缓步前行。

他们两个人的脸上都洋溢着幸福的微笑，显得那么美丽动人，看热闹的人们也把最好的祝福和赞美送给他们。

接着，他们又举行了国宴，持续了五个小时。

王子和公主坐在大厅的首座上，用一只纯净的水晶杯子饮酒。

据说只有真诚的恋人才能用这只杯子喝酒，因为只要虚伪的嘴唇一挨上杯子，那个原先纯净的水晶杯子就会变得灰暗无光。

“一眼就能看得出他们是真心相亲相爱。”那个小侍卫说，“他们的感情如同水晶一样纯洁！”为了这句话，国王再次下令给他加薪。

“多么大的荣耀啊！”群臣们异口同声地喊道。

宴会之后举办了舞会，新郎和新娘将要一块儿跳舞，国王答应为他们吹笛子。

其实，国王的笛子吹得很不好，可没有人敢对他那么说实话，因为他是一国之君。

说真的，他只会吹两种调子，并且从来也没有人能搞清楚他吹的是哪一种。不过这些无关紧要，因为不管他吹的是什么，人们都会高喊狂叫:“棒极了！棒极了！”

这次节目的最后一个项目是燃放美丽的烟花，燃放的时间正好定在午夜。

公主长这么大从来也没有看过放烟花，因此国王下令皇家烟花手要亲自出席当天的婚礼，以便施放烟花。

“烟花像什么样子？”有一天早上，公主在露天阳台上散步时这样问王子。

“它们就像北极光。”国王说，他一贯喜欢替别人回答问题，不管对方喜不喜欢。

“但是烟花比北极光要更自然些。我本人更喜欢烟花而不是星星，因为你一直都明白它们何时会出现，它们就如同我吹的笛声一样美妙。你一定要看看它们。”国王补充说。

为了燃放烟花，在皇家花园的尽头搭起了一座大台子。

“世界真是太美丽了。”一个小爆竹大声喊道，“快来看看那些黄色的郁金香，它们是多么美丽。啊！如果它们是真正的爆竹，它们会更逗人喜爱的。”

等皇家烟花手把一切都准备完毕，被运到这儿待用的烟花们便相互交谈起来。

“世界真是太美丽了。”一个小爆竹大声喊道，“快来看看那些黄色的郁金香，它们是多么美丽。啊！如果它们是真正的爆竹，它们会更逗人喜爱的。”

“我很高兴我参加过旅游。旅游真是个奇妙的事情，它能大大提高你的见识，并能除去一切个人的偏见。”小爆竹骄傲地说。

“这里仅仅是国王的花园而已，并不是世界。你这个傻爆竹。”一枚罗马烛光弹说，“世界是一个大得很的地方，你要花三天时间才能看遍全世界。”

“任何地方，不管它是怎样的，只要你爱它，它就是你的世界。”一枚深思熟虑的转轮烟火激动地喊道。

转轮烟火早年曾恋上了一只旧的杉木箱子，并以这段伤心的经历而自豪。

她继续阐述道：“不过爱情已不再时髦了，诗人们把它给扼杀了。他们对爱情抒发得太多，使人们不再相信有那么回事。对此，我一点也不觉得吃惊。真正的爱情是痛苦的，是沉默的。我记得自己曾有过那么一回——可是现在已经结束了。浪漫只属于过去。”

“胡说！”罗马烛光弹说，“浪漫永远不会消亡，它犹如月亮一样，永远活着。比如，新郎和新娘彼此爱得多么热烈。关于他们的故事我是今天早晨从一枚棕色纸做的爆竹那儿听来的，他碰巧跟我同在一个抽屉里面，并且知道最新的宫中消息。”

可是，只见转轮烟火摇摇头，喃喃地说：“浪漫已经消亡了，浪漫已经消亡了，已经消亡了。”

她和其他许多人一样，相信假如你把同一件事情反复说上许多次，最后假的也会变成真的了。

突然，传来一声尖尖的干咳声，他们都转头四下张望。

这声音来自一个高大的、模样傲慢的火箭，它被绑在一根长木杆的顶端。

一般来说，它在发表言论之前，总要先咳上几声，好引起人们的注意。

“啊咳！啊咳！”他大声咳嗽着。

大家都认真地听着，只有可怜的转轮烟火仍旧摇着头，喃喃地说：“浪漫已经消亡了。”

“肃静！肃静！”一只爆竹大声嚷道。

他是个政客似的人物，在本地的选举中总能独占鳌头，因此他深知如何恰当地使用政治术语。

“真的是已经死光光了。”转轮烟火低声耳语道，说完她就去睡觉了。

等到周围完全安静下来时，火箭发出第三次咳嗽声，终于开始发言了。

他的语调既缓慢又清晰，好像是在背诵自己记录本的内容一样，只是他的表现令人费解，因为他对自己的听众从来都不正眼去看。

说实在的，单从他的风度来说，应该算是非常出众的。

“你们说，国王的儿子是多么幸运啊。”他说道，“他结婚的日子正好是我要升天燃放的时候。真是的，就算是事先安排好的，对他来说也没有比这更好的了；但话又说回来，那些王子们总是能交好运的，不是吗？”

“我的妈呀！”小爆竹说，“我的想法却正好跟你相反，我认为我们是为了王子的荣誉而升天燃放的，不是吗？”

“当然，对于你这样的没有见过大世面的小不点来说可能是这样的。”他回答说，“事实上这一点是确定无疑的。不过对我而言，事情就不一样了。

“我可是一枚非常神奇的火箭，出身于一个了不起的家庭。

“知道我母亲是谁吗？我母亲是她那个时代最出名的转轮烟火，并且以十分优美的舞姿而著称。她出场亮相，要旋转十九次才会飞出去，每转上一次，她就会向空中抛撒七颗粉红的彩星。

“她的直径有三英尺半，都是用最好的火药制成的。

“我的父亲像我一样也是火箭，他来自法兰西。

“他飞得可真高，人们都担心他升上去再也不会下来了。尽管如此，他还是下来了，因为他性格善良。

“在一般场合你是见不到他的身影的，只有在盛大的典礼上，你才能一睹他的风采。

“他燃放起来时，总是化作一阵美丽的金色的雨，在空中飘洒着，然后非常耀眼地落下来。

“他一出场总是会引起极大轰动的。在那些主流大报上，人们用大段的篇幅和极尽吹捧之能事的词句描述他的成功表演。的确，宫廷的报纸把他称为烟花艺术的一个伟大成就。”

“烟花，烟花，你是指它吗？”一枚孟加拉烟火说，“我知道它是烟花，因为我看见我的匣子上写着呢。”

“噢，我说的是火炮。”火箭语调严肃地回答说。

孟加拉烟火感到自己受到极大的欺压，他心中满是怒火，就立即去欺负那些小爆竹了，目的是为了表明自己依旧是个重要的角色。

“我是说，”火箭继续说，“我是说——我刚才说的是什么呢？”

“你在说你自己呢。”罗马烛光弹回答说。

“的确，我知道我正在讨论某个有趣的话题，却被人给粗暴地打断了。我讨厌各种粗鲁的举止和不良行为，因为我是个非常敏感的有教养的人。我敢说全世界没有哪个人比我更敏感了，对此我深信不疑。”

“你说你是一个敏感的人，这到底指的是什么？”爆竹对罗马烛光弹问道。

“一个人因为自己脚上生鸡眼，便总想着踩别人的脚指头。”罗马烛光弹低声耳语道。

爆竹听了这话后差一点儿没笑破肚皮。

“请问你在笑什么呀？”火箭开口问道，“我怎么没有感到有什么好笑的，你看我就一点没有笑。”

“我笑是因为我高兴。”爆竹回答说。

“这理由真的是太自私了，”火箭面带怒色地说道，“你有什么权利高兴？你应该多为别人想想。

“我想说的是，实际上你应该多为我想想。我总是会想着我自己，我也希望别人都会这么做。这就是所谓的同情。

“不要摇头，其实这是个可爱的美德，我这方面的悟性就很高。

“比如说，假定今天夜里我出了什么事，那么对每一个人来说，这会是多么不幸的一件事呀！

“对王子和公主而言，他们以后再也不会像今天这么开心了，他们的婚后生活将会被毁掉；至于国王，他或许经不住这场打击。

“真的，只要我一想到这些，只要一想到自己所处的重要地位，我几乎感动得流下眼泪。”

“如果你想给别人带来快乐，”罗马烛光弹说，“那么你最好先不要把自己弄得湿乎乎的。”

“当然了，”孟加拉烟火说，他现在的精神好多了，“这是个简单的常识。”

“常识，一点儿不假！”火箭愤愤不平地说，“可你忘了我是很不寻常的，而且非常了不起。

“啊呀呀，任何人如若没有想象力的话，也会具备常识的。

“然而我有想象力，因为我从没有把事物按照它们实际的情况去考虑，我总是把它们想象成另外一回事。

“至于要我本人不要流泪，很显然在场的各位没人能够欣赏多情的品性。所幸的是我本人并不介意。

“告诉你们，能够让我维持一生的唯一一件事就是想到自己要比别人优越得多，这也是我一贯培养的感觉。

“你们这些人都是没有情感的，感情一点儿都不丰富，你们只会傻笑或开玩笑，好像王子和公主不是刚刚结婚似的。”

“啊，正是，”一枚小火球动情地叫道，“难道不行吗？这是一件多大的喜事呀，我只要一飞到天上去，就会把这一切都讲给星星听。等我给它们讲起美丽的公主，你会看见星星们在眨眼睛。”

“啊！多么渺小的人生观！”火箭说，“然而这些也正是我所预料的。你们胸无大志，既浅薄又无知。

“噢，我们可以这样想象，或许王子和公主会到附近有条深深河流的乡村去住；或许他们只有一个儿子，那个小男孩像王子一样有一头金发和紫色的眼睛；或许有一天小男孩会跟保姆一起出去散步；或许保姆会在一株古老的大树下睡觉；或许小男孩会掉进深深的流水中淹死了。

“啊，这是多么可怕的灾难啊！可怜的人儿，失去了他们唯一的儿子！这真是太可怕了！我永远也忘不了。”

“但是他们并没有失去他们的独子呀。”罗马烛光弹说，“根本就没有任何不幸发生在他们身上。”

“我从没说过他们会发生不幸。”火箭回答说，“我只是说他们可能会。如果他们已经失去了独生子，那么再谈此事还有什么意思。我讨厌马后炮，讨厌那些事后反悔的人。不过一想到他们可能会失去独子，我就会非常难过。”

“你当然会的！”孟加拉烟火大声嚷道，“实际上，你是我所遇到的最感情用事的人。”

“你是我所遇到的最粗俗的人。”火箭反驳说，“你是无法理解我对王子的友情的。”

“噢，真的吗，你大概甚至还不认识他吧？”罗马烛光弹怒吼道。

“我从未说过我认识他，”火箭回答说，“我敢说，如果我认识他，我是不会成为他的朋友的。我认为，认识好多人做朋友是件非常危险的事。”

“说真的，你最好还是不要流眼泪。”火球说，“这可是件最要紧的事。”

“我敢肯定，对你是非常要紧，”火箭回答说，“可我想哭就得哭。”

火箭说完这句话后，他还真的哭了起来。

他的泪水像雨点一样从杆子上流下来，汇成小小的水流，差一点儿淹死两只正在寻找一块干燥的好地方做窝的小甲虫。

“他必定有真正的浪漫品质，”转轮烟花说，“根本就没有什么可哭的，他却能哭起来。”

接着她长叹一口气，又想起了那个杉木箱子，然后沉浸在回忆里。

不过罗马烛光弹和孟加拉烟火却是老大不乐意。他们不停地说着：“胡扯！胡扯！”那声音可真够大的。

他们是非常讲实际的，只要是他们反对的东西，他们就会说是胡扯。

这时明月像一面银色的盾牌冉冉升起；繁星开始闪烁，美妙的音乐声从宫中传来。

王子和公主正在领舞。

他们跳得可真美，就连那些亭亭玉立的白莲花也透过窗户偷看他俩，大朵的红色罂粟花频频点头，并打着节拍。

随后十点的钟声敲响了，接着十一点的钟声敲响了，然后是十二点。

当午夜最后一下钟声敲响时，所有的人都来到了露天阳台上，国王派人去叫皇家烟花手。

“开始放烟花吧。”国王宣布说。

皇家烟花手向国王深深地鞠了一躬，然后迈着有力的步伐向下走去，来到花园的尽头。

他带了六个助手，每个助手都拿着一根竿子，竿子的顶头捆着一个点燃的火把。

这的确是一场空前盛大的表演。

嗖嗖！嗖嗖！转轮烟花飞了上去，一边飞一边旋转着，洒下美丽耀眼的花朵。人们兴奋地欢呼着。

轰隆！轰隆！罗马烛光弹又闪亮着飞上天空。

然后爆竹们便到处噼噼啪啪热闹地狂舞起来。

接着孟加拉烟火把一切都映成了红彤彤的。

“再见了。”火球喊了一声就腾空而去，抛下无数蓝色的小火星。

啪啪！啪啪！大爆竹们也跟着响了，他们真是痛快无比。

他们个个都非常成功，只剩下神奇的火箭了。

他因为先前莫名其妙地哭弄得浑身湿乎乎的，根本就无法升空上天。

在他身上最好的东西只有火药，可是火药被泪水打湿后，就什么用场也派不上了。

他的那些穷亲戚们，平时他从未打过招呼，只是偶尔讥讽一下，此刻个个都像盛开着的燃烧的金色花朵，飞到天空中去了。

“好哇！好哇！”宫廷的人们都欢呼起来；公主也高兴地笑了起来。

“我猜想他们留着我是为了某个更盛大的庆典时用。”火箭说，“毫无疑问就是这个意思。”

不能燃放的他只好被留在了现场，可是他看上去比以前还要傲慢。

第二天早晨，工人们来清理昨夜烟花爆竹的碎屑。

“这些人一看就是代表团的，估计他们是来请我去出席更大的盛典的。”火箭说，“我要带着尊严来迎接他们。”

于是他就可笑地摆出一副威严的样子，庄重地皱着眉头，仿佛在思考什么重要的问题似的。

可是工人们一点儿也没有理睬他，直到要离开的时候，他们中的一个人才碰巧看见了他。

“嘿！”那个人大喊了一声，“这么破旧的一枚火箭！”说完他便把火箭丢到墙外的阴沟里去了。

“破旧火箭？破旧火箭？”他在空中一边翻滚着一边说，“不可能！大火箭，那个人就是这么说的。破旧和大这两个发音是非常接近的，的确它们常常是一样的发音。”

在胡思乱想的时候，他就一下子掉进了发臭的阴沟里去了。

“这里并不舒服，还有一股说不清的味道。”他说，“可没准这里是个时髦的新型浴场，他们送我来是为了要我疗养一下，尽快恢复健康。的确，昨夜我的神经受到极大的伤害，我也需要好好休息了。”

这时，一只小青蛙朝他游了过来。他有一双明亮闪光的宝石眼睛，和一件绿色斑纹的外衣。

“看来，是个新到的！”青蛙说，“啊，但是看上去毕竟跟稀泥巴不一样。我只要能享受雨天和一条阴沟，便会感觉十分幸福了。

“新来的，你认为下午会下雨吗？我真希望如此，可你看这蓝蓝的天空，万里无云，多么可惜啊！”

“啊咳！啊咳！”火箭说着便咳了起来。

“你的声音多好听啊！”青蛙大声叫道，“真像是青蛙的呱呱叫声，这种呱呱声当然是世界上最美好的音乐了。

“今天晚上你可以来听听我们合唱队的演出，我们在这个季节经常有演出的。

“我们都在农夫房屋旁的老鸭池中，月亮一升起来我们便开始表演。

“在朦胧的月色里表演，那可太迷人了，人人都舍不得睡觉，睁着双眼躺着听我们歌唱。

“知道吗，其实就在昨天我还听农夫的妻子对她的母亲说，就是因为我们的存在，使她整夜一点儿也睡不着。

“呵呵，能受到这么多人的热烈欢迎，真是谢天谢地。”

“啊咳！啊咳！”火箭看上去生气了。

由于刚才青蛙说话的时候他连一句话也插不进去，他感到非常恼火。

“当然了，你可能还不明白那是多么美妙的音乐。”青蛙继续说。

“我希望你能到鸭池来。我要去看我的女儿们了。我有六个漂亮的女儿，我很担心梭鱼会遇到她们。他是个地地道道的怪物，会毫不犹豫地拿她们当早餐吃掉的。好了，再见，我们的谈话真让我开心，我信得过你。”

“谈话，一点儿不假！”火箭说，“一直都是你一个人在说个不停，那不算谈话。”

“总得要有人听啊。”青蛙回答说，“我也喜欢一个人谈话。这节省时间，而且避免争吵。”

“可我喜欢争吵。”火箭说。

“我不希望这样。”青蛙得意地说，“争吵太粗俗了，因为在好的社会中，人人都会持有完全一致的意见。”

“再一次告别了，我看见我的女儿在那边。”说完小青蛙就游走了。

“你是个非常讨厌的家伙，”火箭说，“教养又很差。我讨厌人们只顾谈论自己，就跟你这样，要知道此时别人也想说说话，就像我这样。

“这就是我所说的自私，自私是十分可恶的事，特别是对于我这种品性的人来说，因为我的同情心是出了名的。

“说实在的，你应该以我为学习榜样，你或许找不到比我更好的榜样了。既然你还有机会，你最好把握住，因为我差不多马上就要返回宫中去了。

“我在宫中是个大宠儿；其实，王子和公主在昨天就为祝贺我而举办了婚礼。

“当然，这些事你是一无所知的，因为你是个乡巴佬。”

“你这样跟他讲话没有任何益处。”一只蜻蜓开口说。

此刻蜻蜓正悠闲地坐在一株棕色的香蒲顶上。

“没有任何益处，因为他已经走开了。”

“嗯，那是他的损失，不是我的。”火箭回答说。

“我不会仅仅因为他不理会我，就停止对他说话。我喜欢听自己讲话，这是我最大的乐趣之一。我常常一个人讲上一大堆话，我可是太聪明了，有时候我连我自己讲的话也不懂。”

“那么你真应该去讲授哲学。”蜻蜓说，说完他展开自己一对可爱的纱翼朝空中飞去了。

“他不留在这儿可算是傻极了！”火箭说，“我敢说他并不是经常有这样的机会来提高智力。然而，我一点儿也不介意。像我这样的天才肯定有一天会得到人们赏识。”他往稀泥中陷得更深了。

过了一会儿，一只白色的大鸭子向火箭游了过来。

白色的大鸭子有一对黄色的腿和一双蹼足，而且由于她走起路来一摇一摆的，便被视为是个大美人。

“嘎，嘎，嘎。”她叫着说，“你的样子多么古怪啊！我可以问问你是怎么生得如此模样的吗？或者是由于一次什么样的事故造成的？”

“很显然，你一直都住在乡下，”火箭回答说，“不然你会知道我是谁的。不过，我会原谅你的无知。期望别人跟自己一样了不起是不公平的。等你听说我能够飞上天空并洒下一阵金色的雨点后，你一定会感到惊讶的。”

“我倒不看重那个，”鸭子说，“因为我看不出它对别人会有什么好处。

“眼下，要是你能像牛一样地去犁地，像马一样地去拉车，或像牧羊犬那样地照看羊群，那还算是个人物。”鸭子说完后撇了一下嘴巴。

“我的好人啊，”火箭用十分高傲的语言大声说道，“可见你是属于下等阶层的。我这样身份的人是永远不会有那样的用途的。我们已经有了一定的成就，那就足够了。

“我本人对各种所谓的勤劳并没有好感，尤其对你赞赏的那些勤劳更是一点儿好感也没有。说实话，我一贯认为做艰苦的工作仅仅是那些无事可干的人们的一种逃避方式。”

“好吧，好吧，”鸭子说，她是个处事平稳的人，也从未跟任何人争吵过，“各人有各人的爱好。我想，无论如何，你要在这儿安家落户了吧。”

“啊？当然不会了。”火箭嚷道，“我只是个过路人，一位有名望的客人。

“事实是我觉得这地方好无聊。这儿既不宁静，又没有社交生活。说实在的，这儿根本就是郊外。我可能要回到宫里去，因为我注定了要在世界上做一番成就的。”火箭说着挺了挺身子。

“我也曾想过要投身于公众事业中去，”鸭子说，“世上有那么多需要革新的事物。老实说，我前些时候干过一段议会的主席工作，我们通过决议谴责一切我们不喜欢的东西。然而，它们好像并没有多大效果。于是我就退回来了，现在我一心从事家务，照看我的家庭。”

“我生来就是为了这个社会的，”火箭说，“我所有的亲戚也都是如此，甚至包括他们中最卑微的。只要我们一出场，随时都会引起广泛的关注。

“不过，其实还没轮到我出场呢，不过只要我一出现，准会是壮观的场面。说到家务事，它会使人早早地衰老，并无心追求更高的目标。”

“啊！更高的生活目标，它们该有多好呀！”鸭子说，“可它们倒使我觉得自己好饥饿。”

说完她就朝下游泅水而去，同时还“嘎，嘎，嘎”地叫着。

“回来，快回来！”火箭尖声叫着，“我有好多话要对你说。”但是鸭子没理会他。

“我很高兴她离去了。”火箭对自己说，“她的思想的确只算得上一般。”

他往稀泥中陷得更深了，这时才开始想起天才的寂寞来。

忽然他看到有两个小男孩身穿白色的粗布衫，手拿一只水壶，怀里抱着好些柴火，朝岸边跑了过来。

“这一定是哪个代表团的人来了。”火箭说着，又努力表现出非常庄重的样子。

“嘿！”其中的一个孩子叫道，“快看这根旧木棍！我不知道它怎么会在这儿？”他把火箭从阴沟里拾起。

“旧木棍？”火箭说，“不可能！金木棍，这才是他说的。金木棍才是很中听的话。实际上，他把我错当成宫中的某位显贵了。”

“我们把它放到火里去吧！”另一个孩子说，“它会帮着把水烧开。”

于是他俩把柴火堆在一起，把火箭放在最上面，并点燃了火。

“这下可太棒了。”火箭大声叫道，“他们要在大白天里把我给燃放了，这样人人都会看见我了。”

“我们现在去睡觉吧，”他俩说，“睡醒时水壶的水就会烧开了。”说完他们便在草地上躺下身，闭上了眼睛。

因为火箭在阴沟里待的时间太长，浑身都湿透了，所以花了好长时间才把他烤干。不过，到最后，火苗还是把他点燃了。

“现在我就要升空了！”他大叫起来，同时把身体挺得笔直笔直的。

“我知道我要飞得比星星更高，比月亮更高，比太阳更高。其实，我会飞得高到——”

嘶嘶！嘶嘶！嘶嘶！他垂直朝天空中飞去。

“太棒了！”他叫了起来，“我要这样一直飞下去，我是多么的成功啊！”

可惜，火箭升空的时候，没有一个人看见他。

这时他开始感到有一股奇怪的刺痛袭遍全身。

“现在我就要爆炸了。”他大声喊道。

“我要点燃整个世界，我要声威大震，让所有的人在这一年里都不再谈论别的事情。”的确他真的爆炸了。

呼！呼！呼！火药爆炸了。这是千真万确的。

可是没有人听见他，就连那两个小孩也没有听见，因为他俩睡得可熟了。

接着他所剩下的只有木棍了，木棍掉下去，正好落在一只在阴沟边散步的鹅的背上。

“天呀！”鹅叫了起来，“怎么天上会下起棍子来呢？”说完就跳进河里去了。

“我知道我会创造奇迹的。”火箭喘息着说，然后他就熄灭了。

少年国王

少年国王明天就要加冕了。到时，他会穿着一件金线织的袍子，戴上嵌满鲜红的红宝石的王冠，还会拿着一根垂着洁白的珍珠串的王节。一切是多么的美好。

可是今天夜里，少年国王做了三个梦。梦醒后的他完全变了，他一点也不想穿这些华贵美丽的衣服了。他不听大臣们的劝说，不顾百姓们的取笑，也不怕贵族们的恐吓，老主教真诚的话也没有动摇他，他穿着粗羊皮外套，戴着荆棘围成的头冠，拿着一根枯木枝去教堂加冕。

少年国王究竟梦到了什么？他的加冕仪式上又发生了怎样神奇的事情呢？

少年国王在加冕日前一天晚上，一个人坐在他那漂亮的房间里。

他的朝臣们之前都按照当时的规矩鞠躬到地向他行了礼，这时都退出去，到宫内大殿中跟着礼仪先生再学几遍宫廷礼节，他们中间有几位还不那么熟谙朝礼。做朝臣而不熟习朝礼，不用说，这是很不礼貌的事情。

这个孩子（因为他今年才十六岁，还只是一个孩子）看见他们全走开了并不觉得孤单难过，反而畅快地长出一口气，把身子往后一靠，舒舒服服地靠在他那绣花长椅的软垫上。

他半躺在那儿，睁大眼睛张着嘴，神情活像一位褐色的森林的牧神，或者一只刚被猎人捉住的小野兽。

他的确是猎人找回来的。有一次猎人到很远的地方打猎，偶然地碰到了他。

那个时候他光着脚，手里拿着笛子，正跟在那个把他养大的穷牧羊人的羊群后面，他始终认为自己是那个人的儿子。

其实他的亲生母亲是老国王的独生女儿，她偷偷地爱上了跟她地位差得很多的男人，并私自结了婚生下他来。有人说那个男人是一个外地人，会一种很出色的吹笛的魔术，使年轻的公主爱上了他；又有人说，那是一个里米尼的美术家，公主很看重他，后来他突然离开了这个地方，连大礼拜堂的壁画都没有完成。

孩子出世只有一个星期，在公主睡着的时候，老国王就让人把孩子从她身边偷走了。

他们把公主的孩子交给一对普通的农家夫妇去照管，这对夫妇自己没有孩子，他们住在远僻的树林里，从城里骑马去，有一天多的路。

身体虚弱脸色苍白的公主醒过来后，到处找不到孩子，不到一个小时就死去了。

公主究竟是让失去孩子的悲痛杀死的呢，还是像宫廷的御医所宣布的那样，是染上了致命的时疫死去的？抑或就像一些隐隐约约的传言所描述的，她是喝了放在香料酒里的意大利急性毒药致死的，这些就没有人能够求证了。

老国王一个忠心的公差骑着马把那个孩子搭在鞍桥上带着走了。当他跑了很久从倦马上弯下身子去叩牧人茅屋的门的时候，公主的尸体正被人放进一个开着的墓穴。这个墓穴是在城外一个荒凉的坟地里面，据说墓穴里还有一具尸体，那是一个非常漂亮的外国男子，他的双手被绳子反缚在背后，胸膛上满是伤痕，鲜血染红了他胸前的衣服。

人们偷偷地互相传述着有关公主和她的恋人的故事和死因，也猜测着那个孩子的去向。

有一件事倒是确确实实的：老国王临死的时候，不知是因为忏悔自己的大罪过，还是单单为了不让他的国土从他的嫡系落到别人的手里，他差人去把那个孩子找了回来，并且当着内阁大臣们的面承认孩子是他的继承人。

孩子被指定做继承人以后，立刻就表现出那种奇怪的爱美的热情来，这热情注定对他的一生有非常大的影响。

那些仆人簇拥着他，把他送到事先收拾停当的房间去时，他看见为他准备好的那些华美的衣服和贵重的珠宝，不由得发出了快乐的叫声。

他极其高兴并且迫不及待地脱下他身上穿的粗羊皮外套，换上新衣服，对着镜子左看右看，照个不停。

当然，有时候他的确也想念从前那种赶着羊儿在山坡吃草，或者在树林打猎的优哉游哉的山林生活。

繁琐的宫廷礼节占去了他一天中的大部分时间，这常常使他感到厌烦。可是这座富丽堂皇的宫殿（人们称它为“欢乐宫”，他现在是它的主人了），对他仿佛是一个为了满足他的快乐刚刚建造出来的新世界。只要他能够从会议席上或引见室里逃出来，总是立刻跑下那道装饰着镀金的铜狮和亮云斑石级的大楼梯，从一间屋子走到另一间屋子，从一条走廊走到另一条走廊，好像一个人要在美里面找出一服止痛的药，一种治病的仙方似的。

他把这称为探险旅行，在他看来这真像是在漫游奇境。有时候还有几个披着斗篷、垂着漂亮的飘带的金发内侍陪伴他；不过在更多的时候，他总是一个人，凭着他的本能去翻阅、去寻求、去探索艺术的唯美和真谛。

也许美同智慧一样，都喜欢孤寂的崇拜者。

这个时期流传着不少关于他的古怪的故事：

据说有位胖胖的市长，代表全城市民来向他说一大篇堂皇的效忠的话。市长曾经看见他非常恭敬地跪在一幅刚从威尼斯送来的画面前，那幅大画好像有崇拜某些新神的意思。

又有一次他失踪了几个钟头，人们到处找寻，后来才在宫内北部小塔中一个小房间里找到了他，他正在出神地望着一块雕刻着阿多尼斯①像的希腊宝石。

又传说，有人看见他用他那暖热的嘴唇去吻一座古雕像的大理石前额，那座石像是人们修建石桥的时候在河床中挖出来的，像上还刻着海得利安②俾斯尼亚③的奴隶的名字。

他还用了一整夜的时间去观察月光照在一座恩地眠④的银像上是怎样的景象。

凡是稀有的和值钱的东西对他的确都有很大的魔力。他非常迫切地想得到这些东西，于是便派了许多商人出去。有的去向北海的渔民买琥珀；有的到埃及去找寻只有在帝王陵墓中才能找得到的神奇的绿玉，据说那种绿玉具有巨大的魔力；有的去波斯收集丝绒的毡毯和着色的陶器；还有一些人到印度去买轻纱和染色

① 阿多尼斯：美神维纳斯所爱的美少年。
② 海得利安：罗马皇帝。
③ 俾斯尼亚：古国名，在小亚细亚北部。
④ 恩地眠：西方月神钟爱的美少年。

的象牙、月长石和翡翠手镯、檀香、蓝色珐琅器和细毛披肩。

可是最费他心思的是他在加冕时候穿的袍子，那件金线织的袍子，那顶嵌满红宝石的王冠和那根垂着珍珠串的王节。

的确，他今晚靠在豪华的长椅上望着大段的松柴在火炉中渐渐烧尽的时候，心里所想的正是这个。

它们都是由当时最出名的美术家设计的，图样在好几个月前就呈给他看过了，他比较满意。

他还下过命令要工匠们不分昼夜地赶工，照图样做出来，并且要人到处去搜求那些配得上他们手艺的珠宝，就是找遍全世界他也不在乎。

他在想象中看见自己穿着华贵的王袍站在大礼拜堂中高高的祭坛上，他的嘴唇上现出了满意的微笑，他那双深黑的森林人的眼睛也灿烂地发光了。

过了一会儿，他站起来，身子靠着壁炉的雕花庇檐，把这间装饰考究的屋子环视了一圈。

墙上挂着表现美的胜利的华贵壁衣。

一个镶嵌玛瑙和琉璃的大壁橱把一个角落填满了，面对窗户立着一个非常精巧的柜子，它那些漆格子都是洒着金粉和镶金的，柜子上面放了几个精致的威尼斯玻璃酒杯和一个黑纹玛瑙的杯子。

绸子床单上绣着浅色的罂粟花，它们栩栩如生，像是刚从花从中采摘来的；有刻着直槽的长象牙管撑起天鹅绒的华盖，大簇的鸵鸟毛像白泡沫似的从那里伸向天花板上的灰白色银浮雕。

一个青铜的那喀索斯[1]满脸笑容，两手向上伸过头顶，高高地捧着一面光亮的镜子。

桌上放了一个紫水晶盆。

窗外，现出礼拜堂的大圆顶，像一个虚幻的东西，隐约地耸在一大片阴暗的房屋上面，疲乏的哨兵在夜雾笼罩的河边台地上踱来踱去。

远远的在一座果树园里有一只夜莺在唱歌。素馨花的清香从开着的窗户送进来。

他把他的棕色卷发从前额向后掠过去，然后拿起一只琵琶，信手漫弹着。

他沉重的眼皮慢慢往下垂，他感到一种奇怪的倦意袭来。

他从没有像现在这样强烈地或者像这么快乐地感觉到美的东西的魔力与神秘。

钟楼敲响午夜钟的时候，他按了一下铃。内侍们进来了，他们按照繁琐的礼节给他脱去衣服，在他手上洒了玫瑰香水，又在他的枕头上撒了些鲜花。

过了一会儿，他们便离开了这间屋子。他躺下来，慢慢地睡

① 那喀索斯：希腊神话中的美少年。他看见水池中映出的自己的倒影，爱上了它。

着了。

他睡熟了，做了一个梦。他的梦是这样的：

他觉得自己站在一间又长又矮的顶楼里面，周围是许多织布机的旋转声和拍击声。

惨淡的阳光从格子窗外射进来，给他照出俯在织架上面的织工们的憔悴的身影。

一些带着病容的面色苍白的小孩蹲在大的横梁上。

梭子急急穿过经线的时候，他们便把沉重的狭板拿起，梭子一停下来，他们又放下狭板，把线压在一起。

他们的脸上现出被饥饿折磨的痕迹，他们的手不住地震摇、颤抖。

几个瘦弱的妇人坐在一张桌子前面缝纫。

这个地方充满了可怕的臭气。空气污浊又闷人，墙壁十分潮湿，还在滴水。

少年国王走到一个织工的面前，就站在他身边，望着他工作。

织工面带怒容地看着他，说道："你为什么守着我？你是不是我们主人派来侦查我们的侦探？"

"你们的主人是谁？"少年国王问道。

"我们的主人，"织工痛苦地叫道，"是一个跟我一样的人。的确我跟他之间就只有这一个小小的区别——他穿漂亮衣服，我却总是穿破衣裳，我饿坏了身体，他却撑得不舒服。"

“这是一个自由民主的国家，”少年国王说，“你不是任何人的奴隶。”

“打仗的时候，强者强迫弱者做奴隶，”织工答道，“和平的时候，有钱人强迫穷人做奴隶。我们不得不做工来养活自己，可是他们只给我们那样少的工钱，我们简直活不了。

“我们整天给他们做苦工，他们箱子里金子装满了，我们的儿女却因为没有钱买食物或者无钱治病而夭折了，我们所爱的人的脸色也变得凶恶难看了。

“我们的脚踏出了葡萄汁，却是别人来喝葡萄酒。我们种了谷子，我们的饭桌上却是空空的。

“我们都戴着链子，虽然这链子是肉眼看不见的；我们都是奴隶，不管人们说我们是如何自由。”

“所有的人都是这样的吗？”少年国王问道。

“所有的人都是这样。”织工答道，“不论是青年人还是老年人，不论是女或是男，不论是小孩或是老人，都是一样。

“商人剥削我们，我们却只好听他们的话。

“教士骑着马从我们身边走过，只顾数他的念珠，哪里会看到人们的疾苦，没有人会真正关心我们的生死。

“贫穷睁着一双饥饿的眼睛溜过我们那些见不到阳光的小巷，它后面紧紧跟着那个有着酒糟鼻的罪恶。

“早晨来唤醒我们的是凄苦，晚上跟我们待在一块儿的是耻辱。

“不过这些事跟你有什么相干？你不是和我们一伙的人。

“你瞧，看看你这张脸就知道了，你太快乐了。”

他不高兴地掉过头，把梭子投过织机。少年国王看见梭子上面系的是金线。

他大吃一惊，便问织工道：“你织的是什么衣服？”

“这是小国王加冕时穿的袍子。”他答道，“它跟你有什么相干？”

少年国王大叫一声，便醒过来了。他发现他还是在自己的屋子里面，透过窗户他看见蜜色的圆圆的大月亮挂在朦胧的天空。

他又昏沉沉地睡着了，开始做梦了。他的梦是这样的：

他觉得自己躺在一只大船的甲板上，一百个奴隶正在给这只船荡桨。

船长就坐在他旁边一幅毯子上。这个人黑得像乌木，包着一块红绸头巾，厚厚的耳垂上挂着一对硕大的银耳坠，手里拿着象牙的天平秤。

奴隶们身上除了一块破烂的腰布外，全身再没有穿别的；每个人都和他相邻的人锁在一块儿。

炎热的太阳直射到他们身上。一些黑人在过道上跑来跑去，举着皮鞭乱抽打他们。

他们伸出干瘦的膀子，扳动沉重的桨。海水从桨上溅起来。

最后他们到了一个小小的海湾，开始测量水深。从岸上吹来一阵微风，给甲板和大三角帆都罩上一层细细的红沙。

三个阿拉伯人骑着野驴跑近，把长枪对着他们走过来。

船长拿起一只画弓，一箭射在一个阿拉伯人的咽喉上。

那个人重重地跌进岸边的激浪中去，他的那两个同伴见形势不好，骑着驴飞快地跑开了。

一个蒙黄面纱的女人骑着一匹骆驼，慢慢地跟在后面，她不时回过头来看那个被射死的人。

黑人们抛了锚、收了帆以后，马上就走进底舱去，拿出一架长的绳梯来，梯上缚了铅，增加不少梯身的重量。

船长将绳梯丢进海里，只把梯头拴在两根铁柱上面。随后黑人们抓住一个年纪最小的奴隶，除去他的脚镣，在他鼻孔和耳朵孔里涂满蜡，还在他的腰间绑上一块大石头。

他疲倦地爬下绳梯，隐到海水里去了。在他沉下去的地方，水面上浮起了几个气泡。

奴隶中间有几个人好奇地望着海面。

一个负责赶鲨鱼的人坐在船头，单调地击着鼓。

过了一会儿，那个潜水的奴隶升到水面上来了，他大口喘着气，左手抓紧梯子，右手拿着一颗珍珠。

黑人们从他手里抢过珍珠来，又把他丢进海里去了。

过了很长时间，奴隶们都俯在桨上睡着了。

他又上来好几次，每次他上来的时候，都带来一颗美丽的珍珠。

可是他看上去疲惫极了。

船长高兴地把珍珠一一地称过，全放在一个绿皮小袋里面。

少年国王想说话，可是他的舌头好像粘在他的上腭上面了，他的嘴唇也不会动了。

黑人们不停地谈话，他们为了一串亮珠子吵起来。两只白鹤绕着船飞来飞去。

潜水人最后一次浮上水面来，这次他带来的珠子比所有奥马兹的珍珠都美，因为它圆得像一轮满月，并且比晨星还要洁白明亮。

可是他的脸白得出奇，他一倒在甲板上，耳朵和鼻孔里立刻冒出血来。他略略颤抖了一下，便不动了。

黑人们耸了耸肩头，摇了摇头，随即就把他还温热的身体丢到海里去了。

船长笑了，他伸出手来拿起那颗珍珠，他看了看它，便把它按到他的前额上，俯下头行了一个礼。

“这么美丽的珍珠，应当用来装饰小国王的王节。”他说完，就打了个手势叫黑人起锚。

少年国王听到这句话，大叫一声，便醒过来了。

透过窗户，他看见黎明的灰色长手指正在摘取垂落的星星。

过了一会儿，他又睡着了，做梦了。他的梦是这样的：

他觉得自己正走过一个阴暗的树林，树上悬垂着许多奇异的果子和美丽的毒花。

他经过的时候，毒蛇向他嗞嗞地叫着，彩色鹦鹉带着尖叫声飞过树丛，大龟在热的泥水中昏睡，林中到处可见到猴子和孔雀的身影。

他继续向前走着，走到树林口便站住了，他看见一大群人正在一条干了的河床上做工。

他们像蚂蚁似的挤在崖上。

他们在地上挖了些深坑，自己下到坑里去劳作。有的人拿着大斧在奋力劈岩石，有的人在沙里寻觅掏摸。

他们连根拔起仙人掌，又随意践踏红花。

他们你叫我、我喊你地忙来忙去，并没有一个人会偷懒。

死亡和贪欲躲在一个石洞的阴暗处守着他们，死亡说："我十分厌烦啦；快把他们分给我三分之一，让我走吧。"

可是贪欲摇头不肯，她答道："他们全部都是我的用人。"

死亡对她说："你手里是什么东西？"

"我有三粒谷子，"她回答，"这跟你有什么相干？"

"给我一粒吧，"死亡说，"我会把它种在我的园子里；只要给我一粒，我就会走开的。"

"我什么也不会给你的。"贪欲说着，并把她的手藏在她的衣服褶子里面。

死亡笑了，他拿出一个杯子，把它浸在水池里，于是从杯中出来了疟疾。

疟疾走过人丛中，有三分之一的人倒下来死了。她后面起了一阵冷雾，无数的水蛇在她旁边跑来窜去。

贪欲看见人死了三分之一，便捶胸大哭。

她捶着她那干瘦的胸膛，哭得很伤心。

“你杀死了我三分之一的用人，”她哭道，“你快走吧。

“我这小小山谷跟你有什么相干，你为什么留在这儿不走呢？你去吧，不要再到这儿来了。”

“不，”死亡答道，“你不给我一粒谷子，我就不走。”

贪欲气得握紧了手，牙齿也咬得紧紧的。“我什么也不会给你的。”她喃喃地说。

死亡笑了，他在地上捡起一块黑石子，掷进树林中去，从野松丛中走出来热病，穿着一件火焰的袍子。

热病走过人丛中，故意靠近那些人，凡是被她碰到的人都倒下死了。

她走过草地，她的脚踏过的草也枯了。

贪欲颤抖起来，把灰抹到头上。“你太残忍了！”她说，“你太残忍了。

“在印度各大城内正发生饥荒，撒马耳罕的蓄水池已经干了。

“在埃及各大城内正发生饥荒，蝗虫已经从沙漠飞来了。

“你到那些需要你的人那儿去吧，不要杀死我的用人。”

“不，”死亡答道，“你不给我一粒谷子，我就是不走。”

“你死了这条心吧，我什么也不会给你。”贪欲说。

死亡又笑了，他举起手在指缝间吹起哨子，一个女人在空中飞来。

她额上写着“瘟疫”二字，一群瘦老鹰在她周围盘旋。

她的翅膀罩住了整个山谷，所有的人全部死了。

贪欲尖声哭叫着穿过树林逃走了。死亡跳上他的红马骑着走了，他的马跑得比风还快。

从谷底黏泥中爬出来龙和有鳞的怪物，一群胡狼在沙上跑着，仰起鼻孔大声吸气。

少年国王哭了，他说：“这些人是谁呢？他们在找寻什么东西？”

“他们在找寻适合国王王冠上面嵌的红宝石。”站在他背后的一个人答道。

少年国王吃了一惊，他转过身子，看见了一个香客打扮的人，手里捧着一面银镜。

他脸色发白，又问：“是为哪一个国王？”

香客答道：“看这面镜子吧，你就会看见他。”

他向那面镜子看去，看到的却是他自己的脸孔。他大叫一声，便醒了。

灿烂的阳光照进屋子里来。窗外，花园和别苑的树上，鸟群正在欢快地唱歌。

御前大臣和文武官员进来向他行礼，内侍们给他捧来用金线织成的王袍，又把王冠和王节放在他面前。

少年国王望着那些东西，它们都非常美，它们比他以前见过的任何东西都更美丽。

可是他记起了自己的梦，便对他的大臣们说："把这些东西拿开，我不要穿它们。"

朝臣们大吃一惊，有的人笑了，他们以为他是在开玩笑。

可是他又庄严地对他们说："把这些东西拿开，把它们都藏起来，不要让我看见。

"虽然今天是我加冕的日子，我也不想穿戴它们。

"你们哪里知道，我这件袍子是在忧愁的织机上织工们用痛苦的双手织成的。

"红宝石之所以那么红，是因为上面沾满了人们的血。

"这颗珍珠之所以那么圆润明亮，是因为那是用生命换来的。"

于是他把他昨夜的三个梦都对他们详细讲述了一遍。

朝臣们听了他讲述完这三个梦以后，面面相觑。

他们窃窃私语低声交谈着说："他一定是疯了；因为梦不过是一个梦，幻觉也不过是一个幻觉罢了，何必当真呢。

"那些梦中的情节都是不现实的，不值得我们去注意。并且那些替我们做工的人的生命跟我们有什么相干呢?

“难道一个人没有亲自播种过就不应该吃面包，没有亲自踏出过葡萄汁就不应该喝葡萄酒吗?”

御前大臣向少年国王进言道:“陛下，我觉得您根本不必被一个阴郁的梦左右。

“在这个举国欢庆的日子，您加冕时穿着这件漂亮的袍子，戴起这顶王冠是多么合适呀。

“如果您没有一件标志身份的王袍，百姓怎么辨认哪位是国王呢?”

少年国王望着他。“真的是这样吗?”他问道，“要是我没有一件华丽的王袍，他们会认不出我是国王吗?”

“他们会认不出的，陛下。”御前大臣大声说。

“我从前还以为真有带帝王相的人,”少年国王答道，“可是，现在想来也许倒是你说得正确。不过我还是不能穿这件袍子，也不要戴这顶王冠。我进宫来的时候穿戴的是什么，现在也就那样打扮着出宫去。”

他让那些大臣们全部退下，只留下一个内侍，那是一个比他小一岁的孩子。

他留下这孩子来伺候他。他在清澈的水里洗了澡，打开一口漆上了颜色的大箱子，拿出他来到皇宫前在山腰给牧人看羊时穿的皮衣和粗羊皮外套。

他把它们穿在身上，手里拿着他那根以前用过的牧人杖。

那个小内侍惊奇地圆睁着一双大大的蓝眼睛，含笑对他说：“陛下，我看见了您的王袍和王节，可是您的王冠在哪儿呢？”

少年国王随手折下一枝爬在露台上面的荆棘，把它折弯，做成一个圆圈，放在他自己的头上。

“这就是我的王冠。”他答道。

他这样打扮好了，就走出他的屋子到大殿上去，贵族们正在那儿等候他。

贵族们见他这样打扮着出来了，都取笑他。

有的对他叫起来：“陛下，百姓们等着看他们的新国王，您却装扮成一个乞丐给他们看。”

有的动了怒，说：“他这样真是丢尽了我们国家的脸，不配做我们的国王。”

可是他一个字也不回答，便走了过去。

他走下亮云斑石的楼梯，出了铜门，上了马，到礼拜堂去，小内侍在他旁边跑着。

百姓们笑着，嚷着：“国王的弄臣骑马走过了！”他们一路嘲笑他。

他勒住马缰说：“不，我就是国王。”

他便把他的三个梦对他们都讲了。

人丛中走出一个男人来，他痛苦地对少年国王说：“陛下，难道您不明白，穷人的生活用度都是靠供给富人奢华的用品来赚取的吗？

“我们就是靠您的阔绰来活命的，正因为您的那些恶习，才让我们有得到新工作的机会，能够赚取面包养活家人。

“给一个严厉的主子做工固然苦，可是找不到一个要我们做工的主子更苦。

“您以为乌鸦会养活我们吗？

“您对这些事又有什么补救办法？

“您会对买东西的人说：‘你得出这么多钱买下，’又对卖的人说：‘你得照这样价钱卖出’吗？我不相信。

“所以您还是回到您的宫里去，穿上您的新袍子、戴上您的新王冠吧。您跟他们或我们的痛苦有什么关系呢？”

“富人和穷人不是弟兄吗？”少年国王问道。

“是的，”那个人答道，“那个阔兄长的名字叫该隐。”

少年国王的眼里充满了泪水，他策着马在百姓们的喃喃怨声中缓缓前进。那个小内侍害怕起来，便走开了。

他走到礼拜堂的大门口，兵士们横着他们的戟拦住他说：“你在这儿找什么？这道门只有国王才能进来。”

他气红了脸，对他们说：“我就是国王。”

他把他们的戟拨开，走进去了。

老主教看见他穿一身牧羊人的衣服走进来，便惊讶地从宝座上站起来。

老主教走过去迎接他，对他说："孩子，这是国王的衣服吗？那么我拿什么王冠给你加冕呢？我拿什么王节来放在你手中呢？事实上今天对于你应该是一个最快乐的日子，不是一个屈辱的日子。"

"难道快乐就应当穿着愁苦做的衣服吗？"少年国王说。

他把他的三个梦对主教讲了一遍。

主教听完了他的梦，便皱着眉头说："孩子，我是一个老人，已经活到了暮年，我知道这个广大的世界上有过许多坏事情。

"凶恶的土匪从山上跑下来绑走一些小孩，拿去卖给摩尔人。

"狮子躺着等候旅商队走过，抓骆驼吃。

"野猪挖起山沟里的谷子吃，狐狸咬了山上的葡萄藤。

"海盗洗劫了海岸，焚烧渔船，抢走渔网。

"麻风病人住在盐泽里，用芦苇秆子造房屋，没有人可以走近他们。

"乞丐们流落街头，到处漂泊，跟狗一块儿吃饭。

"可是，你能够叫这些事情不发生吗？

"你会跟麻风病人同床睡眠、让乞丐跟你一块儿进餐吗？

"你会叫狮子听你的吩咐、野猪服从你的意志吗？难道那位造出贫苦来的他不比你聪明？

"因此我并不赞成你所做的事情，我要你回到你的宫里去，

看啊！太阳穿过彩色玻璃窗照在他身上，日光在他四周织成一件金袍，比那件照他的意思做成的王袍还要漂亮。

他手中的枯木枝开满了百合花，朵朵比珍珠还洁白；他头上的那枝荆棘开满了玫瑰，朵朵比红玉还鲜艳。

王尔德

穿上适合国王身份的衣服，表现出开心幸福的样子，我要拿金王冠来给你加冕，我要把珍珠的王节放在你手中。

“至于那些梦呢，不要再去想它们。

“现世的担子太重了，不是一个人担得起的；世界的烦恼也太大了，不是一颗心受得了的。”

“你在这个地方能讲这种话吗？”少年国王说，他大步走过主教面前，爬上祭坛的台阶，立在基督的像前。

他立在基督像前，在他右手边和左手边有着灿烂的金盆，盛有黄酒的圣餐杯和装有圣油的瓶子。

他跪在基督像前，珠宝装饰的神座旁边蜡烛燃得十分明亮，香的烟云盘成青色细圈在圆顶下缭绕。

他垂着头祈祷，那些穿着硬法衣的教士爬下祭坛让开了。

突然从外面街上传来一阵吵闹声，羽缨颤摇的贵族们拿着出鞘的剑和发光的钢盾牌进来了。

“那个做梦的人在哪儿？”他们叫着，“那个打扮得像乞丐的国王——那个给我们国家丢脸的孩子在哪儿？我们一定要杀死他，因为他不配统治我们。”

少年国王又埋下他的头虔诚祈祷，祷告完毕便站起来，他转过身子怜悯地望着他们。

看啊！太阳穿过彩色玻璃窗照在他身上，日光在他四周织成一件金袍，比那件照他的意思做成的王袍还要漂亮。

他手中的枯木枝开满了百合花，朵朵比珍珠还洁白；他头上的那枝荆棘开满了玫瑰，朵朵比红玉还鲜艳。

比珍珠还白的是百合花朵，花梗犹如光亮的银子。

比红玉还红的是那些玫瑰，花叶犹如金叶片片。

他穿着国王的衣服站在那儿，珠宝装饰的神龛打开了，射出一种非凡的神奇的光。

他穿着国王的服装站在那儿，这个地方充满了上帝的荣光，连那些雕刻的壁龛中的圣徒们也好像在动了。

他穿着华贵的王袍立在他们面前，风琴奏出欢快的乐调来，喇叭手吹起他们的喇叭，唱歌的孩子们唱着圣洁的赞美诗。

百姓们敬畏地跪了下来，贵族们把宝剑插回剑鞘，向他行着礼，主教脸色发白，他的手颤抖着。

“比我伟大的人已经给你加冕了。”他大声说着，跪倒在国王的面前。

少年国王从高高的祭坛上走下来，穿过人丛回宫去了。

没有一个人敢看他的脸，因为那张脸如同天使的面容。

思考题

1.《夜莺与玫瑰》中，当夜莺唱到什么样的爱情时，玫瑰花的花心才变红？

2.《快乐王子》中，小燕子是要飞到哪里去过冬呢？

3. 快乐就是幸福吗？快乐王子什么时候最幸福？

4. 为什么巨人的花园突然间变得这么冷清荒芜，而为什么突然间春天又来了？

5. 小矮人的心为什么会碎了？

6. 星孩是从别的星球来的吗？他的亲生父母到底是谁？

7. 星孩一共要找几枚金币？是哪只小动物帮助了他？

8. 在渔夫的灵魂带着渔夫去寻找会跳舞的少女时，灵魂为什么要引诱渔夫做坏事？

9. 骄傲的火箭最终有没有飞上天呢？他是怎么被点燃的？

10. 少年国王为什么不穿华贵的金袍，而要穿着放羊时穿的皮衣和粗羊皮外套去加冕？